Bianca™

Kate Hewitt

El príncipe soñado

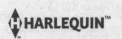

HARLEQUIN™

Editado por HARLEQUIN IBÉRICA, S.A.
Núñez de Balboa, 56
28001 Madrid

© 2013 Kate Hewitt
© 2014 Harlequin Ibérica, S.A.
El príncipe soñado, n.º 2330 - 27.8.14
Título original: The Prince She Never Knew
Publicada originalmente por Mills & Boon®, Ltd., Londres.

I.S.B.N.: 978-84-687-4487-2
Depósito legal: M-14915-2014
Editor responsable: Luis Pugni
Impresión en CPI (Barcelona)
Fecha impresion para Argentina: 23.2.15
Distribuidor exclusivo para España: LOGISTA
Distribuidor para México: CODIPLYRSA
Distribuidores para Argentina: interior, BERTRAN, S.A.C. Vélez
Sársfield, 1950. Cap. Fed./ Buenos Aires y Gran Buenos Aires,
VACCARO SÁNCHEZ y Cía, S.A.

Capítulo 1

ERA el día de su boda. Alyse Barras contempló su rostro pálido y demacrado en el espejo y pensó que no todas las novias estaban radiantes el día de su boda. Más bien parecía ir de camino al patíbulo.

No, al patíbulo no. Eso sería un final demasiado rápido y brutal. Lo que a ella la esperaba era una condena de por vida: un matrimonio con un hombre al que apenas conocía a pesar de llevar seis años comprometidos.

Aun así, un minúsculo brote de esperanza pugnaba por abrirse camino entre su desesperación. Tal vez...

Tal vez aquel hombre, el príncipe Leo Diomedi de Maldinia, llegara a amarla.

No parecía muy probable, pero ella se resistía a perder la esperanza. No le quedaba más remedio.

–¿Señorita Barras? ¿Está preparada?

Alyse se giró hacia una de las ayudantes que esperaba en la puerta. Le habían dado una lujosa habitación en el inmenso palacio real de Averne, la capital de Maldinia, enclavada al pie de los Alpes.

–Todo lo preparada que puedo estar –respondió con una sonrisa forzada, pero se sentía tan frágil y quebradiza que el simple movimiento de sus labios le hizo daño en el rostro.

Marina, la ayudante, avanzó hacia ella y la observó con aquel aire examinador y posesivo al que Alyse se había acostumbrado desde que llegó tres días antes a Maldinia... o, mejor dicho, desde que aceptó aquel compromiso seis años antes. Era una mercancía para ser comprada, modelada y presentada al público. Un objeto de gran valor, pero un objeto al fin y al cabo.

Había aprendido a vivir con ello, pero aquel día, el día de su boda, el día con el que todas las chicas soñaban, se sentía más falsa que nunca en su papel, como si su vida no fuera más que una representación.

Marina le dio los últimos retoques hasta quedar satisfecha. El velo le caía sobre los hombros. Era una prenda finísima ribeteada con un encaje de trescientos años.

–Y ahora el vestido –dijo, y le indicó con los dedos que se moviera lentamente en círculo para examinar la larguísima cola de blanco satén y el corpiño de encaje que se ceñía a sus pechos y sus caderas. El vestido había sido objeto de rumores en la prensa, la televisión e Internet durante los últimos seis meses. ¿Cómo sería el vestido que luciría la Cenicienta para casarse con su príncipe?

Era realmente precioso, admitió Alyse para sí misma mientras se miraba al espejo. Seguramente habría elegido algo así... si le hubieran dado la oportunidad de hacerlo.

El walkie-talkie de Marina emitió un crujido y ella se apresuró a responder. Hablaba demasiado rápido para que Alyse pudiera entenderla, a pesar de que llevaba aprendiendo italiano desde que se comprometió con Leo. Era la lengua oficial de Maldinia, y como futura reina debía conocerlo. Por desgracia, nadie hablaba lo bastante despacio.

–Todos están preparados –dijo Marina. Le dio los últimos retoques al vestido y agarró el colorete del tocador–. Parece un poco pálida –le explicó mientras le aplicaba un poco de color en las mejillas, a pesar de que se habían pasado una hora maquillándola.

–Gracias –murmuró Alyse. Le habría gustado que su madre estuviera allí, pero el protocolo real exigía, según le había explicado la reina Sofia, que la novia se preparase ella sola. Alyse dudaba de que fuera cierto. La reina Sofia insistía en que debía respetarse la tradición, pero en realidad era una manera de imponer su criterio. Y aunque la madre de Alyse, Natalie, era la mejor amiga de la reina desde que ambas estudiaron juntas en un colegio de Suiza, esta no iba a permitir que nada ni nadie se entrometiera en una ocasión tan importante y solemne.

O al menos así se lo parecía a Alyse. Era la novia y se sentía como si estuviera estorbando.

¿Se sentiría igual una vez que el príncipe la desposara?

No. Cerró los ojos mientras Marina le empolvaba la nariz. No podía dejarse vencer por la desesperación. No en un día como aquel. La angustia ya la había hecho sufrir bastante en los últimos meses. Aquel día era un comienzo, no un final, o al menos eso necesitaba creer.

Pero, si Leo no había aprendido a amarla en los últimos seis años... ¿por qué iba a hacerlo en el futuro?

Dos meses antes su madre la había llevado a pasar un fin de semana a Mónaco. Estaban tomando un refresco y Alyse sentía que empezaba a relajarse, cuando su madre le dijo:

–No tienes por qué hacer esto si no quieres.

–¿Hacer qué? –preguntó ella, tensándose de nuevo.

–Casarte con él. Sé que todo se ha descontrolado con la prensa y también con los Diomedi, pero sigues siendo una mujer independiente y quiero asegurarme de que estás segura –sus ojos reflejaban tanta ansiedad que Alyse se preguntó qué habría intuido.

Pocas personas sabían que entre Leo y ella no había nada. El mundo creía que estaban locamente enamorados desde que Leo la besara en la mejilla seis años antes, una imagen que quedó recogida por un fotógrafo y que desató la imaginación del público.

La madre de Leo sabía la verdad, naturalmente. Alyse sospechaba que la farsa del romance había sido idea suya y de Alessandro, su marido, quien se lo había propuesto cuando ella tenía dieciocho años y estaba enamorada de Leo. Tal vez también lo intuía Alexa, la hermana de Leo, de carácter vehemente y apasionado.

Y, por supuesto, lo sabía Leo. Sabía que no sentía nada por ella, pero ignoraba que ella había estado secreta y desesperadamente enamorada de él durante seis años.

—Soy muy feliz, mamá —le aseguró a su madre, apretándole la mano—. Reconozco que no me gusta el circo mediático, pero... quiero a Leo —consiguió decir sin que le temblara mucho la voz.

—Quiero que tengas lo que tu padre y yo tuvimos —le confesó su madre.

Alyse sonrió tímidamente. La relación de sus padres parecía sacada de un cuento de hadas: una heredera estadounidense conquistaba el corazón de un millonario francés. Alyse había oído la historia cientos de veces. Su padre había visto a su madre en un salón lleno de gente, se acercó a ella y le preguntó: «¿Qué vas a hacer el resto de tu vida?».

Y ella le sonrió y le respondió: «Pasarla contigo».

Amor a primera vista.

Era lógico que su madre quisiera lo mismo para ella, pero Alyse jamás le confesaría que no tenía nada... por mucho que se aferrara a la esperanza de tenerlo algún día.

—Soy feliz —repitió, y su madre pareció aliviada y convencida.

El walkie-talkie de Marina volvió a crujir, y, una vez más, Alyse se quedó sin entender una palabra.

–Están esperando –anunció Marina secamente, en un tono que a Alyse se le antojó acusador. Desde su llegada a Maldinia había tenido la impresión de que todos, especialmente la reina Sofia, recelaban de ella.

«No eres precisamente lo que hubiéramos elegido para nuestro hijo y heredero, pero no tenemos elección».

La prensa y el mundo entero se encargaron del resto. No hubo vuelta atrás desde que un fotógrafo captó aquel momento seis años antes, cuando Leo acudió a su fiesta de cumpleaños y la besó en la mejilla para felicitarla por sus dieciocho años. Alyse había reaccionado por instinto y se había puesto de puntillas para posarle la mano en la cara.

¿Cambiaría aquel momento si pudiera volver atrás? ¿Habría apartado el rostro y puesto fin a las especulaciones y el revuelo mediático?

No, no lo habría hecho, y aquella certeza le resultaba angustiosamente mortificante. Al principio, fue su amor por Leo lo que la hizo aceptar la farsa, pero a medida que pasaban los años sin que Leo mostrase el menor interés por ella, pensó en romper el compromiso.

Nunca llegó a hacerlo. Le faltaban el coraje y la convicción para dar un paso que conmocionaría a todos. Y además, conservaba la esperanza, ingenua, desesperada, de que Leo llegaría a amarla algún día.

Sin contar que se llevaban bien y que eran amigos, más o menos. Una base sólida para un matrimonio, ¿no?

–Por aquí, señorita Barras –le indicó Marina, y la condujo por un largo pasillo con paredes de mármol y arañas de cristal cada pocos metros.

Los rígidos pliegues del vestido rozaban el suelo de parqué mientras seguía a Marina hacia la entrada del palacio, donde una docena de lacayos aguardaban en posición de firmes. Alyse recorrería a pie el corto trayecto hasta la catedral y caminaría ella sola hasta el altar, como era costumbre en Maldinia.

–Espere –la detuvo Marina frente a las puertas doradas que daban al patio delantero, donde se habían congregado centenares de periodistas y fotógrafos para captar el emblemático momento. Alyse había tenido tantos momentos memorables en los últimos seis años que se sentía como si toda su vida adulta hubiera sido recogida en las revistas del corazón.

Marina la rodeó como un león rodeaba a su presa. Alyse estaba al borde de un ataque de nervios. Llevaba tres días en Maldinia y no había visto a Leo más que en los actos y ceremonias de estado. Hacía más de un año que ni siquiera hablaban a solas.

E iba a casarse con él al cabo de tres minutos.

Paula, la jefa de prensa de la familia real, se acercó rápidamente.

–¿Estás preparada?

Alyse asintió. No confiaba en su voz para hablar.

–Excelente. Ahora solo tienes que acordarte de sonreír. Eres Cenicienta y estás a punto de introducir el pie en el zapato de cristal, ¿de acuerdo? –le retocó el velo, igual que acababa de hacer Marina, y Alyse se preguntó cuántas atenciones inútiles le quedaban por soportar. Seguramente el viento le levantara el velo en cuanto saliera al exterior. No pasaría lo mismo con su peinado; se había aplicado tanta laca que ni un solo cabello se movería de su sitio.

–Cenicienta... –repitió. Llevaba seis años interpretando a la Cenicienta. No necesitaba que se lo recordaran.

–Cualquier chica o mujer querría estar ahora mismo en tu lugar –continuó Paula–. Y cualquier hombre querría ser el príncipe. No te olvides de saludar... No se trata solo de ti, así que procura hacerlos partícipes del momento, ¿entendido?

–Sí –sabía muy bien lo que se esperaba de ella tras pasarse seis años siendo el centro de todas las miradas. Y la verdad era que no le importaba ser motivo de envidia y admiración. Lo único que la gente quería de ella era una palabra amable y una sonrisa. Bastaba con ser ella misma.

El problema eran los paparazzi. El constante escrutinio e invasión de su intimidad por una jauría hambrienta de periodistas y fotógrafos, siempre ávidos de encontrar una grieta en su perfecta imagen de fantasía.

–Será mejor que salga ahí fuera antes de que el reloj dé las doce –bromeó, pero tenía la boca tan seca que no podía sonreír. Los labios se le pegaban a los dientes.

Paula frunció el ceño y sacó un pañuelo para limpiarle el carmín.

–Faltan treinta segundos –dijo Marina, y Paula colocó a Alyse en posición, ante las puertas–. Veinte...

El enorme reloj de una de las torres de palacio dio la primera de las once campanadas. Se acercaba el momento. Saldría al patio, caminaría con la cabeza bien alta hacia la catedral y llegaría al pórtico justo cuando sonara la última campanada.

Todo había sido ensayado y coreografiado hasta el último segundo.

–Diez...

Alyse respiró hondo, todo lo que el corpiño le permitía. Estaba mareada y veía lucecitas bailando en sus ojos, pero no sabía si era por la falta de aire o por los nervios.

–Cinco...

Dos lacayos abrieron las puertas y Alyse parpadeó al recibir los rayos de sol. El quicio enmarcaba un radiante cielo azul, las dos torres de la catedral gótica y la inmensa concentración de personas reunidas entre la catedral y el palacio.

–Vamos –le susurró Paula, y le dio un firme empujón en el trasero.

El vestido se le enganchó en el tacón y le hizo dar un traspié. Recuperó el equilibrio rápidamente, pero bastó para que docenas de cámaras recogieran el tropiezo.

Otro momento memorable. Ya podía ver los titulares: *¿Primer tropiezo en el camino a la felicidad?*

Se enderezó rápidamente y le dedicó una sonrisa al público, cuyos vítores y clamores reverberaron en su pecho y le levantaron el ánimo.

Aquel era el motivo por el que iba a casarse con Leo y por el que la familia real de Maldinia había aceptado el matrimonio del príncipe con una simple plebeya: porque todo el mundo la quería.

Todo el mundo excepto Leo.

Sin perder la sonrisa, levantó la mano en un saludo no muy real y echó a andar hacia la catedral. Muchas voces le pedían que se girase para una foto, y ella abandonó la alfombra blanca para estrechar manos y aceptar flores. Suponía una transgresión en toda regla del protocolo, pero era lo que hacía siempre. No podía dejar de responder a las cálidas muestras de afecto que le prodigaba el pueblo. Gracias al cariño de la gente había podido mantener aquella farsa, que para ella no era tan farsa. Para él, en cambio, lo era.

Le rezó a Dios para que no siempre fuera así.

–Buena suerte, Alyse –le deseó una joven de aspecto ingenuo mientras le apretaba las manos–. Estás preciosa... ¡Eres de verdad una princesa!

–Gracias –le respondió Alyse–. Tú también estás preciosa, ¿sabes? ¡Mucho más que yo!

Entonces se dio cuenta de que el reloj había dejado

de sonar y de que ya debería estar en la iglesia. La reina Sofía estaría furiosa, pero aquellos momentos eran sagrados para Alyse. Se debía a aquellas personas por encima de cualquier protocolo.

Las puertas de la catedral se cernían ante ella. El interior estaba oscuro y en silencio. Alyse se giró una última vez hacia la multitud y otro inmenso rugido de aprobación resonó por las calles de Averne. Saludó con la mano e incluso se permitió lanzar un beso. Tal vez hubiera exagerado un poco, pero en aquellos momentos se sentía extrañamente temeraria, desafiante. Ya no había vuelta atrás.

Se dio la vuelta y entró en la catedral, donde su novio la esperaba.

Leo estaba de pie de espaldas a la puerta, pero supo el momento exacto en el que entraba Alyse. Los murmullos se desvanecieron y también los gritos de la multitud en el exterior. Movió los hombros y permaneció de espaldas a la puerta y a su novia. Los príncipes de Maldinia no se giraban hasta que la novia llegaba al altar, y Leo jamás se apartaba de la tradición ni del deber.

El órgano había empezado a sonar. Alyse debía de estar caminando hacia él al son de la marcha barroca. Sintió una punzada de curiosidad. No había visto el vestido ni sabía cómo le quedaba a Alyse. Estaría impecable, como siempre. Era la novia perfecta. La suya era la historia de amor perfecta. Y aquel sería el matrimonio perfecto.

En definitiva, la farsa perfecta.

Finalmente sintió el roce del vestido en la pierna y se giró hacia ella. Apenas se fijó en el vestido. Alyse estaba muy pálida, salvo por el colorete de las mejillas, y parecía inusualmente nerviosa. Leo se inquietó. Alyse siempre había demostrado una serenidad admirable frente al acoso de la prensa. Era un poco tarde para tener dudas.

Sabedor de que los estaban observando cientos de personas en la catedral, y millones de telespectadores en todo el mundo, sonrió y tomó la mano de su novia. Estaba fría como el hielo. Le apretó los dedos para darle ánimos, pero también como advertencia. No podían cometer ningún error. Había demasiado en juego, y ella lo sabía. Los dos habían vendido voluntariamente sus almas.

Alyse levantó el rostro y sus grandes ojos grises expresaron convicción y voluntad. Sus labios se curvaron en un atisbo de sonrisa y le devolvió el apretón a Leo, quien respiró aliviado.

Alyse se giró hacia el arzobispo encargado de conducir la ceremonia y también lo hizo Leo, no sin antes advertir el brillo de sus cabellos castaños bajo el velo y el destello de una perla en la oreja.

Quince minutos después había acabado la ceremonia. Los dos habían pronunciado sus votos y Leo había rozado los labios de Alyse con los suyos. La había besado docenas, cientos de veces durante su compromiso, y siempre en público o ante una cámara. Siempre era igual: una firme presión con los labios para expresar el entusiasmo y el deseo que ni sentía ni quería sentir. No estaba dispuesto a complicar las cosas por culpa de un arrebato emocional... ni por su parte ni por la de ella.

Aunque, estando finalmente casados y teniendo que consumar su unión, se permitiría sentir al menos un poco de atracción. Durante toda su vida había ejercido un férreo control sobre las emociones para que no dictaran su comportamiento ni arruinaran su vida y la monarquía, como les había pasado a sus padres. Él tenía más dignidad y más fuerza de voluntad que ellos, pero

eso no le impedía sacar partido del lecho nupcial...
Siempre y cuando los sentimientos estuvieran bajo control se podía aprovechar la libido.

Miró a Alyse con una sonrisa destinada al público y vio que ella lo estaba mirando con unos ojos llenos de pánico. Obviamente, seguía nerviosa.

Reprimió la irritación y le envolvió las manos con delicadeza.

—¿Estás bien?

Ella asintió y esbozó una sonrisa forzada, antes de volverse hacia los asistentes para recorrer el largo pasillo hacia las puertas.

Por delante los aguardaba el resto de aquella interminable farsa iniciada seis años antes.

¿Quién se hubiera imaginado que el teleobjetivo de un paparazzi recogería aquel beso? No solo los labios de Leo en la mejilla de Alyse, sino la mano de ella en su rostro, con la cara levantada y los ojos brillándole como estrellas plateadas.

La foto apareció en las portadas de todos los periódicos y revistas occidentales. Se la consideró la tercera fotografía más influyente del siglo, algo que Leo consideraba absurdo. ¿Cómo podía ser tan importante un estúpido beso?

Pero su importancia era innegable, porque la felicidad que brillaba en los ojos de Alyse había desatado las fantasías de toda una generación y había insuflado en sus corazones la fe en el amor y el futuro. Algunos economistas aseguraban que aquella foto había ayudado a impulsar la economía europea, lo que a Leo le parecía un disparate. Fuera como fuera, cuando el departamento de relaciones públicas de la casa real se percató del poder de la foto, empezó a tomar cartas en el asunto para asegurar el futuro de los Diomedi. Aquello condujo inevitablemente al compromiso y el matrimonio, y Leo tendría que pasar el resto de su vida fingiendo estar a la altura de lo que prometía la foto... porque si la opinión pública descubría que todo era un engaño las consecuencias serían desastrosas.

Agarró a su novia de la mano y los dos echaron a andar por el pasillo hacia una vida de fingimiento.

Alyse estaba destrozada por dentro. Había conseguido mantener la compostura hasta ese día, pero no estaba segura de poder seguir haciéndolo. Por desgracia, no le quedaba otra alternativa.

De algún modo consiguió llegar hasta la puerta de la catedral, aunque todo cuanto la rodeaba estaba borroso: la gente, los colores, el ruido... todo salvo la expresión que había cruzado fugazmente los ojos de Leo después de haberla besado. La había mirado con impaciencia e irritación al darse cuenta de que estaba nerviosa y asustada.

Sentía el brazo de Leo como una barra de hierro bajo su mano.

—Sonríe cuando salgamos de la catedral —le murmuró él.

Una ovación ensordecedora los recibió en el exterior, y Alyse consiguió sonreír a pesar de las náuseas que le revolvían el estómago.

La aclamación se transformó en una petición popular:

—*Bacialo! Bacialo!*

La gente quería que se besaran. Alyse se volvió en silencio hacia Leo y ladeó ligeramente la cabeza. Él le acarició la mejilla con un dedo y volvió a rozarle los labios con otro beso frío y casto, como todos los que le había prodigado durante seis años para ofrecer una imagen de amor y devoción. Alyse mantuvo los labios cerrados, sabiendo que él no esperaba ni quería otra respuesta de ella.

Leo se apartó y ella sonrió y saludó a la multitud. Listo.

Sonriendo, Leo la condujo al carruaje dorado y hermosamente ornamentado. Un carruaje sacado de la Cenicienta para una novia Cenicienta.

Leo la ayudó a subir y se sentó junto a ella en el estrecho asiento de cuero. Sus muslos se rozaban y el vestido le caía sobre el regazo. El cochero cerró la puerta y emprendieron el recorrido por las calles de la ciudad, antes de regresar a palacio para el banquete.

En cuanto la puerta se cerró, Leo se quitó la máscara, innecesaria al no haber nadie que los viera, y se giró hacia ella con el ceño fruncido.

—Estás muy pálida.

—Lo siento —murmuró Alyse—. Estoy cansada.

Leo frunció aún más el ceño, suspiró y se pasó una mano por el pelo.

—No me extraña. Los últimos días han sido agotadores. Espero que nos siente bien alejarnos de todo esto.

Al día siguiente partirían para una luna de miel de diez días: primero una semana en una isla privada del Caribe, y luego un recorrido por Londres, París y Roma.

Se le encogió el estómago al pensar en la primera semana. Toda una semana los dos solos, sin cámaras, sin audiencias, sin nadie ante quien interpretar un papel. Una semana para ellos dos.

La esperaba con tanta ilusión como miedo.

—Sí —dijo, y afortunadamente le salió una voz firme y segura—. Yo también lo espero.

Leo se giró hacia la ventanilla para saludar a la multitud que abarrotaba las viejas calles de Averne, y Alyse hizo lo mismo por su lado. Cada movimiento de sus de-

dos le exigía un enorme esfuerzo, como si estuviera le-
vantando un gran peso.

El anillo de esmeralda, perlas y diamantes destellaba
al sol.

No sabía por qué todo le estaba resultando mucho
más difícil. Así había sido su vida durante los últimos
seis años, y se había acostumbrado a ser el centro de
atención y a la interacción con el público.

Pero aquel día, el día de su boda, jurando ante Dios y
el mundo... sentía la falsedad más que nunca. Solo llevaban unos minutos casados y ya sentía lo difícil y agota-
dora que iba a ser aquella vida de actuación y fingimiento.
Durante meses había avanzado hacia su aciago e inevitable destino, una realidad tan implacable que no podría haberla cambiado ni aunque hubiese querido.

Y la terrible verdad era que seguía sin querer cam-
biarla. Seguía teniendo esperanza.

–¿Alyse?

Apartó la mirada de la multitud a la que saludaba
mecánicamente con el brazo.

–¿Sí?

–No tienes buen aspecto –observó Leo–. ¿Quieres
descansar unos minutos antes del banquete?

Alyse sabía lo que la esperaba en el banquete: horas
de interminable charla, risas y actuación, fingiendo estar enamorada, besando a Leo, apretándole la mano y
apoyando la cabeza en su hombro. Lo había hecho otras
veces, por supuesto, pero en aquella ocasión le resultaba terriblemente doloroso. Más... falso.

–Estoy bien –sonrió y se giró hacia la ventanilla para
que él no viera su expresión–. Estoy bien –repitió para
sí misma, pues necesitaba creérselo. Tenía que ser
fuerte. Ella había elegido aquella vida sabiendo lo difícil que sería.

A veces se había sentido como si no tuviera elección,

con la prensa agobiándola y la familia real acuciándola. Pero si de verdad hubiera querido romper el compromiso podría haberlo hecho. Habría encontrado la fuerza para hacerlo.

No, ella había elegido aquella vida y había elegido a Leo; creía firmemente en lo que estaba haciendo y se negaba a perder la esperanza.

Aquel día era el comienzo, se recordó a sí misma. El inicio de una vida en común con Leo. Pasarían los días y las noches como ninguno de ellos había vivido antes. Tal vez, finalmente, Leo se enamorara de ella.

Leo solo quería que todo acabara cuanto antes. Aunque el final de aquel día supondría una nueva complicación: la noche de bodas.

Volvió a mirar a Alyse. Estaba mirando hacia otro lado, pero la palidez de su rostro era evidente. Tanto como su extrema delgadez. La presión que suponía ser el objetivo de los periodistas había causado estragos en su ya de por sí delgada figura.

También a él lo había afectado aquel circo mediático, aunque a aquellas alturas de su vida ya debería estar acostumbrado. De niño se sentía abrumado y confuso por el continuo hostigamiento de los medios, pero al hacerse mayor llegó a aceptarlo como el precio que debía pagar por la corona y por su país. Al menos en aquella ocasión, con Alyse, lo había elegido por voluntad propia y había aceptado de buen grado aquel matrimonio sin amor.

Porque ¿acaso no era mejor saber desde el principio que el amor era una farsa en vez de anhelarlo desesperadamente... como había hecho él durante su triste y oscura infancia?

Al menos los dos estaban de acuerdo en eso. Alyse

siempre había sabido que él no la quería, y él sabía que ella tampoco lo quería. Era la base perfecta para un matrimonio, sin expectativas de ningún tipo.

Sin embargo, los últimos meses de revuelo mediático le habían resultado agotadores. La farsa de los enamorados empezaba a pasarle factura. Y había empezado a preguntarse por qué había accedido Alys a aquel matrimonio.

Nunca se lo había preguntado a ella, pues nunca había querido saberlo. Era suficiente con que hubiera aceptado y hubiera seguido adelante con la farsa. Igual que había hecho él.

Solo que, a diferencia de él, ella no tenía ningún motivo para complacer a la prensa, ningún deber para con una monarquía en horas bajas, ninguna responsabilidad para incentivar el turismo en un diminuto país y ninguna necesidad de fingir que estaba locamente enamorada. ¿Por qué, entonces, había accedido a aquella farsa años atrás? ¿Y por qué seguía haciéndolo?

Solo había una explicación posible, y era que, al igual que él, ella deseaba aquella clase de matrimonio. O quizá aquella clase de vida... la vida de una princesa que algún día se convertiría en reina. No sería la primera mujer que se sintiera tentada por la riqueza y la fama.

Fuera como fuera, había afrontado la situación con un grado de aceptación realmente admirable, ganándose de lleno a la opinión pública. Era perfecta en todos los sentidos.

Y, sin embargo, lo invadía una enervante sensación de incertidumbre. ¿Por qué? No lo sabía, pero la falta de respuestas le provocaba un profundo desasosiego. Siempre le había gustado la seguridad y la precisión y se enorgullecía de poseer ambas virtudes.

No quería inquietarse por su novia en el día de su boda. No quería preocuparse por su aspecto pálido nervioso ni por su temblorosa sonrisa. Quería que todo fuera simple y claro, como había sido durante los últimos seis años.

No había ningún motivo para que el matrimonio complicara las cosas.

El carruaje se detuvo frente al palacio y Leo se volvió hacia ella con una vaga sonrisa, decidido a erradicar su pesimismo y mantener la relación en el nivel cortés e impersonal que habían respetado durante todo el compromiso.

–¿Vamos? –le preguntó, arqueando una ceja.

Ella le dedicó una sonrisa igualmente débil, aceptó su mano y dejó que la sacara del carruaje.

Capítulo 2

ESTABAN los dos solos. A Alyse le dolían todos los músculos del cuerpo por el cansancio, pero sentía con más fuerza que nunca la presencia de Leo cerrando la puerta tras ellos.

Se habían retirado a la suite de la torre, que constaba de un lujoso dormitorio, cuarto de baño y vestidor. El fuego ardía en la chimenea y una enorme cama con dosel con sábanas de seda ocupaba la mayor parte de la habitación. Alyse miró el negligé blanco de seda y encaje que yacía sobre la cama y tragó saliva.

Leo y ella nunca habían hablado de... eso.

Deberían haberlo hecho, pero en realidad nunca habían hablado de nada. Su relación, si podía llamarse así, había sido poco más que un truco publicitario. Consecuentemente, la conversación se había limitado a guardar las apariencias en público.

Pero el matrimonio cambiaba las reglas del juego, al menos para ella. Hasta ese momento solo se habían preocupado por actuar ante las cámaras. Pero allí, por primera vez, estaban solos y no había necesidad de fingir.

¿Sería real aquel momento?

–Relájate –le dijo Leo tras ella. Alyse sintió su aliento en la nuca y contuvo un estremecimiento–. Llevamos esperando seis años. No hay ninguna necesidad de precipitarse.

–Claro –murmuró ella.

Leo se acercó a la ventana. Los postigos estaban abiertos y se podía contemplar el cielo estrellado donde un rato antes habían estallado los fuegos artificiales, como colofón a los festejos que habían durado todo el día. Toda la ciudad estaba en calma, la gente se había retirado a sus hogares... y Alyse y Leo a su suite nupcial.

Alyse observó que Leo se aflojaba la pajarita. Se había puesto un esmoquin para la fiesta y ella, un vestido de diseño elegido por su equipo personal de estilistas. Era rosa claro, sin tirantes y con una falda de volantes. Un vestido de Cenicienta.

–¿Quieres cambiarte? –le preguntó él mientras se soltaba los corchetes de la camisa. Estando allí de pie, enmarcado por la ventana, con los extremos de la pajarita colgando contra la impecable blancura de la camisa y con sus brillantes cabellos negros alborotados, ofrecía un aspecto arrebatadoramente atractivo.

Al principio sus ojos le habían parecido negros a Alyse, pero cuando las circunstancias la obligaron tantas y tantas veces a mirarlo con adoración descubrió que en realidad eran azul oscuro.

Y su cuerpo... Cierto que no lo había visto desnudo, pero el esmoquin le sentaba de maravilla. Anchos hombros, esbeltas caderas, piernas largas y fuertes... todo su cuerpo irradiaba una poderosa y fascinante virilidad.

¿Lo vería desnudo aquella noche? ¿Podría acariciarlo, besarlo y rendirse a la pasión que la abrasaba por dentro?

¿Sentiría él lo mismo que ella?

Durante seis años había hecho gala de un comportamiento impecable en todos los sentidos, pero ella deseaba más. Anhelaba la emoción, la pasión y el amor. Sentía la intensidad que palpitaba bajo la fría coraza de Leo, y quería creer que podía hacerla salir. Pero Leo tendría que liberarse del rígido formalismo y decoro y abrirse a ella.

¿Ocurriría aquella noche? ¿O todo seguiría siendo una farsa?

—Sí, creo que voy a cambiarme —respondió, observando el picardías.

—No tienes por qué ponerte eso —dijo él con una seca carcajada—. No tiene mucho sentido, ¿no crees?

Alyse sintió una dolorosa punzada en el alma. ¿Qué esperaba Leo que se pusiera sino aquel picardías?

—¿Por qué no te das un baño? —le sugirió él—. Relájate. Ha sido un día muy largo.

Se apartó de ella mientras se quitaba la pajarita y Alyse esperó un momento antes de dirigirse hacia el cuarto de baño.

Tragó saliva y abrió los grifos. Al meterse en la bañera se dio cuenta de que no había ninguna prenda de vestir, salvo dos albornoces que colgaban de la puerta. Se pasó media hora en la bañera y se puso uno de ellos, que le quedaba excesivamente grande. ¿Qué pasaría a continuación?, se preguntó mientras se lo ataba a la cintura. ¿Qué quería ella que pasara?

Que Leo se quedara boquiabierto al verla y la estrechara entre sus brazos para declararle los sentimientos que había reprimido hasta entonces...

Se reprendió a sí misma por albergar estúpidas fantasías. No esperaba que Leo cayese rendido a sus pies; tan solo quería comenzar a construir algo real. Y aquella noche era el comienzo.

Respiró hondo y abrió la puerta del baño.

Leo se había cambiado el esmoquin por un pantalón de pijama azul a rayas y nada más. Estaba en un sillón junto al fuego, con un vaso de whisky en las manos, y Alyse se quedó embobada ante la imagen de su torso desnudo. Nunca lo había visto desnudo en persona, aunque circulaban muchas fotos de Leo en bañador... ninguna con ella. Nunca habían pasado juntos las vacaciones.

Pero verlo en carne y hueso era infinitamente más tentador que cualquier fotografía. Las llamas proyectaban sombras danzarinas en su piel bronceada. Una fina capa de vello le cubría el recio torso y descendía hacia la cintura del pantalón. A Alyse se le desbocó el corazón al contemplarlo. Era sencillamente perfecto.

Él levantó la vista y sonrió con sarcasmo al verla con aquel albornoz.

—Creo que ese es el mío.

—Oh... —Alyse se puso colorada al imaginarse a Leo con el otro albornoz de mujer. Se le escapó una carcajada nerviosa e intentó explicarse—. Te estaba imaginando con el otro albornoz, que al parecer es el mío.

—Una imagen interesante —volvió a sonreír con ironía y a ella se le levantó el ánimo. Lo único que necesitaba para construir un mundo de ensueño era una simple sonrisa de Leo.

Se sentó en un sillón frente a él y estiró los pies descalzos hacia el fuego. Ninguno de los dos habló durante un largo rato, y lo único que se oía era el reconfortante crepitar de las llamas.

—¿Te das cuenta de que hace más de un año que no estábamos los dos solos? —preguntó ella, intentando adoptar un tono ligero y jocoso a pesar de que nunca bromeaban entre ellos.

Él se encogió de hombros.

—No me parece tan extraño, dadas las circunstancias.

—¿Qué circunstancias?

—Hemos llevado vidas separadas desde que hicimos pública esta farsa de compromiso.

Alyse tragó saliva.

—Cierto —ninguno de los dos había tenido prisa por casarse. Leo no, desde luego, y ella ya se había matriculado en la universidad de Durham. Sus padres se habían opuesto a que abandonara su carrera con dieciocho años y tampoco ella quería hacerlo.

Por aquel entonces era demasiado joven, ingenua e impresionable. Le gustaba creer que había cambiado y que había madurado un poco, al menos. Pero en aquellos instantes se sentía más torpe y cohibida que nunca.

El largo compromiso había servido para dar una imagen positiva durante media década. En ese tiempo estuvo viviendo en Inglaterra, acabando su carrera y obteniendo un máster en historia europea... un tema que la familia real consideraba aceptable para su futura reina. Alyse lo hizo porque le encantaba la historia y porque quería un poco de normalidad en su vida, alejada de las cámaras, de la mirada crítica de la familia real y sobre todo de Leo y de los sentimientos que él le provocaba. La universidad le brindó esa normalidad que tanto anhelaba, y ya fuera por respeto o por cariño, los paparazzi no la atosigaron demasiado.

La carrera transcurrió con una relativa tranquilidad, salvo por los eventos reales a los que tenía que asistir cada pocas semanas, sus apariciones cuidadosamente coreografiadas con Leo y la curiosidad que despertaba en sus compañeros y profesores.

Se le formó un nudo en la garganta al recordarlo. Por muy normal que pareciera su vida, siempre se había sentido sola y distinta al resto de los estudiantes.

—Pero ya no podremos seguir llevando vidas separadas —dijo. Era su noche de bodas. No era el momento ni el lugar para dejarse invadir por la vergüenza y la desesperación—. Supongo que tendremos que decidir cómo va a ser nuestro matrimonio, ahora que estamos bajo el mismo techo.

Él tomó un trago de whisky y Alyse sintió un espasmo de deseo al ver el movimiento de su garganta.

–No veo por qué tiene que cambiar nada –continuó Leo.

El desencanto barrió el deseo de Alyse. ¿Cómo podía esperar que la situación fuera distinta solo porque estuvieran casados? Todo sería incluso más falso que antes.

–Pero supongo que algunas cosas sí cambiarán –arguyó–. Quiero decir... estamos casados. Eso ya es un cambio.

–Desde luego, pero no por ello tenemos que cambiar nosotros, ¿verdad? –Leo la miró con las cejas arqueadas y una despreocupada sonrisa–. Los últimos seis años han ido bastante bien, ¿no te parece?

No. No, no, no. Alyse se negaba a aceptarlo, pero ¿cómo no hacerlo cuando había accedido a formar parte de la farsa?

–Supongo, pero ahora tenemos la oportunidad de conocernos mejor... –sugirió con voz temblorosa. Deseaba con todas sus fuerzas que Leo se mostrara de acuerdo.

¿Cuándo aprendería?, se reprendió a sí misma. Leo jamás querría conocerla mejor. No era esa clase de hombre.

Él frunció el ceño y se volvió hacia el fuego.

–Siempre hemos tenido esa oportunidad –respondió al cabo de un momento–. Pero decidimos no aprovecharla.

–Puede ser –murmuró Alyse, intentando no dejarse afectar por sus palabras. Leo no pretendía ser cruel; simplemente no se imaginaba lo que ella sentía.

No era culpa suya, sino de ella. Por haber disimulado durante tanto tiempo y no haber sido nunca sincera con él.

–¿Y no crees que será un poco cansino fingir durante tanto tiempo? Quiero decir... tendremos que aparecer juntos muy a menudo.

–La prensa terminará por cansarse de nosotros –repuso él–. Sobre todo cuando llegue la próxima generación.

La próxima generación... Sus hijos. A Alyse le dio un vuelco el corazón.

Leo dejó el vaso y se pasó las manos por el pelo, atrayendo la mirada de Alyse a su cuerpo esculpido en fibra y músculo.

–Esta noche va a ser embarazosa para ambos –hizo un gesto con la cabeza hacia la gran cama de matrimonio–. Pero puede que todo sea más fácil si lo afrontamos desde un principio.

Alyse lo miró fijamente, sintiendo como si tuviera papel de lija en la boca.

–Sí, puede que tengas razón –intentó adoptar un tono ligero, o al menos tan despreocupado como el de Leo, pero no estuvo segura de conseguirlo–. Es mucho mejor ser sinceros el uno con el otro desde el principio –se obligó a sonreír–. Ya fingimos demasiado ahí fuera.

–Exacto –corroboró él–. Una cosa es fingir para la prensa, pero espero que siempre podamos ser sinceros entre nosotros.

Ella asintió mecánicamente.

–Eso estaría bien.

–No pongas esa cara de espanto –Leo señaló la cama con la cabeza–. Espero que podamos encontrar algo de placer, al menos.

¿Algo de placer? Sus palabras la hirieron profundamente.

–No tengo miedo. Es solo que... todo esto me parece un poco embarazoso, como tú mismo has dicho.

–Es lógico. Pero haré todo lo que esté en mi mano para que sea lo más natural posible.

El tono jocoso y la sonrisa de Leo le aseguraron a Alyse que hacer el amor con él no sería embarazoso en absoluto. Todo lo contrario.

Salvo que no sería hacer el amor. Lo que iban a hacer no era más que sexo sin emoción alguna. Un acto físico, frío e impersonal que tan solo reportaría «algo de placer».

Cerró los ojos. No soportaba aquella idea ni el hecho de tener que fingir, algo que debería seguir haciendo y no solo con la prensa.

—Alyse —ella abrió los ojos y lo vio inclinado hacia delante y con la mirada entornada—. Podemos esperar, si lo prefieres. No tenemos por qué consumar el matrimonio esta noche.

—¿Un aplazamiento? —preguntó ella en un tono exageradamente cínico.

—Puede que nos resulte más satisfactorio cuando no estemos tan cansados y sin tantas expectativas... Y, digas lo que digas, estás asustada.

Sí que lo estaba, pero no como él creía. No tenía miedo del sexo, sino de no significar nada para Leo. ¿La deseaba realmente? ¿O solo la veía como una engorrosa tarea?

—Te juro que no lo estoy —declaró—. Pero cansada sí que estoy, así que quizá esta parte pueda esperar un poco.

Leo se encogió de hombros, como si no le importara ni una cosa ni la otra.

—Claro. Pero deberíamos dormir en la misma cama. El personal lo ve todo, y hasta los criados de palacio son dados a los cotilleos.

Ella asintió, intentando no imaginarse junto al cuerpo casi desnudo de Leo. La cama era muy grande, y ella tenía que aprender a manejar aquel tipo de situación. Al fin y al cabo, tendrían que compartir el mismo lecho durante los siguientes...

O quizá no. Quizá durmieran en dormitorios sepa-

rados y llevaran vidas separadas, juntándose solo
aparecer ante las cámaras o para engendrar un h
dero.

–Muy bien. Me pondré... –no acabó la frase, po
las únicas prendas que había en la habitación era
vestido de gala y el picardías.

Leo observó la prenda de encaje extendida sob
cama.

–Es una cama grande, y creo que podré controla
aunque solo lleves puesto eso.

Alyse tragó saliva y asintió con una sonrisa forz
a pesar de que las palabras de Leo se le clavaban c
una puñalada en el corazón. No quería que Leo se
trolara. De siempre lo había visto como un hom
práctico e implacable, pero quería que con ella fues
ferente. Y una parte de ella, estúpida e infantil, h
albergado el secreto anhelo de que todo camb
cuando estuvieran finalmente a solas.

–De acuerdo –aceptó. Agarró el picardías de la c
y volvió a entrar en el cuarto de baño.

Leo se tumbó en un lado de la cama y esperó a
Alyse saliera del baño. La conversación no había id
bien como había esperado. Alyse parecía nerviosa,
lida en sus sentimientos, y eso lo inquietaba. H
creído que era tan pragmática como él acerca d
unión, pero era evidente que aquella nueva y emb
zosa situación la agobiaba... tanto como a él.

¿Y desde cuándo le importaban a él los sentimie
de Alyse? El propósito de aquel matrimonio, de
aquella farsa, era no tener que preocuparse por na
mantenerse alejado de las emociones que llevaba re
miendo durante tanto tiempo.

Estaba cansado de fingir, llevaba haciéndolo tod
vida, pero al menos aquel matrimonio había sido e
ción suya.

Aún recordaba la negociación que siguió a la maldita fotografía.

Alyse había ido a Maldinia semanas después de su fiesta de cumpleaños, acompañada de su madre. Y al entrar en el despacho de su padre, sola, Leo se había sorprendido al verla tan joven y vulnerable, vestida con una falda y una blusa de colegiala y con su pelo castaño recogido en una cola de caballo.

Su padre no se anduvo con rodeos. Le dijo a Alyse que la reina Sofía y su madre eran amigas y que habían considerado la posibilidad de un enlace entre ella y Leo. Leo sabía que eso no era del todo cierto; su madre siempre había querido que desposara a una mujer con una sangre más azul que la de Alyse. Leo había acudido a aquella fiesta de cumpleaños sin apenas saber nada de Alyse, pero los medios de comunicación se encargaron del resto.

–En un mundo ideal, os habríais conocido y cortejado como es debido antes de ser novios –había declarado el rey Alessandro–. Pero no vivimos en un mundo ideal.

Alyse se había limitado a mirarlo en silencio.

Leo ya había hablado con sus padres y había recibido las órdenes pertinentes: «Tienes que casarte con ella, Leo. La gente la adora. Piensa en lo beneficioso que será para tu país y tu reinado».

En otras palabras, lo beneficioso que sería para ellos. Habían causado tanto daño a la monarquía de Maldinia con sus mentiras, escándalos y despilfarros que Leo era el único que podía arreglar el desastre.

Él lo entendía muy bien, pero Alyse no. Visiblemente anonadada, apenas abrió la boca durante toda la reunión y se limitó a escuchar al rey mientras él enumeraba los beneficios de un matrimonio «acordado», un término mucho más inocuo que «concertado». O que «obligado».

Solo habló cuando empezó a comprender la clase de farsa que tendrían que llevar a cabo.

—¿Quiere decir que...? —preguntó en voz baja, apenas un susurro—. ¿Tendremos que fingir que estamos enamorados?

—Los sentimientos llegan con el tiempo, ¿no? —respondió el rey, en un tono tan hipócrita que Leo apartó la mirada.

Los sentimientos no llegaban con el tiempo. El matrimonio del rey Alessandro era un claro ejemplo. Y, en cualquier caso, no se podía confiar en los sentimientos.

Pero Alyse aceptó la farsa y al día siguiente se anunciaba oficialmente el compromiso.

El resto era historia, pensó Leo. Una historia que se repetía sin cesar.

La puerta del baño se abrió y apareció Alyse con la bata. Se acercó a la cama y jugueteó con los extremos del cinturón. Leo se preguntó si pretendía dejarse la bata puesta para dormir, pero supuso que un poco de timidez virginal era normal en ella.

—¿Quieres que apague la luz?

—Si tú quieres... —respondió ella.

En realidad, no quería apagarla. Sentía curiosidad por ver cómo le quedaba el picardías a Alyse. La había visto con los trajes más elegantes y los peinados más sofisticados, siempre impecable y perfecta, pero nunca la había visto en lencería nupcial, con su melena castaña cayéndole suelta sobre los hombros y sus ojos grises abiertos como platos.

Sintió un arrebato de deseo. Hacía mucho, mucho tiempo que no estaba con una mujer.

Apagó la lámpara de la mesilla, pero la luz de la luna le permitió verla cuando se quitó la bata y se quedó con el minúsculo picardías.

Distinguió la unión de sus pechos, la curva de la cintura, la forma de sus muslos... antes de que ella se deslizara rápidamente bajo el edredón y se quedara completamente inmóvil, como una tabla de madera.

Leo nunca se había sentido tan desvelado, y, a juzgar por la rígida postura de Alyse, sospechó que ella estaba igual. Quizá deberían haber consumado el matrimonio aquella noche. Así al menos habrían tenido algo que hacer.

Pensó en hablar con ella, pero tras seis años interpretando aquella parodia romántica no tenía nada que decir. Seguramente ella tampoco, y así era como Leo lo había querido desde el principio.

Y, sin embargo, estando en aquella cama, a oscuras y en silencio, sintió una repentina e inesperada necesidad de hablar, de entablar una conversación, una conexión.

Por desgracia, no tenía la menor idea de cómo hacerlo.

—Buenas noches —dijo finalmente. La voz le salió más áspera de lo que pretendía y sintió que Alyse se tensaba aún más.

—Buenas noches —respondió ella, con una voz tan suave y triste que Leo se sintió atrapado entre el remordimiento y la crispación.

Contuvo un suspiro y le dio la espalda a Alyse para intentar dormir.

Capítulo 3

ALYSE se despertó con ojos legañosos y un gran cansancio. No había dormido bien, consciente del cuerpo de Leo a escasos centímetros del suyo.

La luz del sol inundaba la estancia, haciéndole preguntarse qué le depararía el nuevo día. Tenían que ir a St. Cristos, una isla privada del Caribe, para comenzar su luna de miel. Pasarían una semana a solas, sin televisión, teléfono, ordenador ni criados. Una semana en la que Alyse tenía puestas sus esperanzas para que ambos llegaran a conocerse de verdad.

Llamaron a la puerta y, antes de que Alyse pudiera decir ni pensar nada, Leo le rodeó la cintura con un brazo y la apretó contra él. El horror la paralizó al sentir la dureza de su pecho contra la espalda... y su erección pegada al trasero.

–*Avanti* –exclamó Leo–. Lo siento, pero tenemos que guardar las apariencias ante los criados –le murmuró a Alyse.

Ella apenas lo oyó. Nunca había estado tan cerca de él. El vello del pecho le hacía cosquillas en los hombros desnudos, y la presión de su miembro contra el trasero le provocaba una corriente eléctrica por todo el cuerpo.

Se cambió instintivamente de postura, sin saber si se estaba separando o acercando más a él.

–Deja de moverte o me pondrás en serios aprietos –le ordenó Leo–. ¿Se te ha olvidado que soy de carne y hueso?

A Alyse le costó unos segundos comprender lo que le estaba diciendo, y para entonces ya habían entrado dos jóvenes criadas con el desayuno. Un delicioso olor a café recién hecho y bollos calientes impregnó el aire.

«¿Serios aprietos?» ¿Estaba insinuando que la deseaba? ¿Sería posible que un simple meneo de caderas lo excitara tanto?

Leo la soltó y se incorporó en la cama mientras se cubría con el edredón.

—*Grazie* —dijo, y las dos criadas se marcharon entre risitas y rubores, lanzándoles miradas furtivas.

Alyse se percató entonces de que el tirante del picardías se le había caído del hombro y de que las greñas le cubrían la cara. ¿Sería aquel el aspecto de una mujer que acababa de tener sexo?

Se apartó los mechones de la cara e intentó tranquilizarse. A pesar de su erección, Leo parecía sentirse muy cómodo mientras se levantaba para servir el café.

—Lo siento por esto... Es una reacción fisiológica normal en un hombre por la mañana. Al menos creo que hemos convencido al personal.

La decepción invadió a Alyse. «Una reacción fisiológica normal...». No la había provocado ella.

—No pasa nada —murmuró. Respiró profundamente y se obligó a mirarlo a los ojos—. Al fin y al cabo, estamos casados.

—Así es —Leo le tendió una taza y tomó un sorbo de la suya—. Pero me temo que los dos nos cansaremos de fingir al cabo de un tiempo.

Alyse observó el humeante café.

—Dijiste que la prensa se acabará cansando de nosotros ahora que estamos casados. Lo importante es que parezcamos felices en público —le dolía decirlo, pues daba a entender que aquel era su verdadero deseo.

–Puede ser –repuso él. Parecía estar preguntándose cuándo podría volver a su vida sencilla y solitaria.

Y, cuando él lo hiciera, ¿qué sería de ella? Al igual que Leo, tenía un papel que cumplir. Era la princesa y la futura reina de Maldinia, y como tal debía implicarse en la vida del pueblo, conocer a sus gentes y su industria y devolver la esperanza a un país en dificultades.

Pero todo eso se le antojaba una frivolidad absurda al pensar en los días que pasaría sola, aislada y separada de un marido al que no parecía afectar en absoluto la situación.

–¿Cuándo salimos para St. Cristos?

–A las once en punto tenemos que aparecer en público en el patio delantero –sonrió y Alyse vio el cinismo en su expresión. Leo nunca se había mostrado cínico con ella. Frío y pragmático sí, pero había aceptado aquel compromiso con un enfoque práctico admirable.

¿Sentiría, al igual que ella, que el matrimonio había cambiado, incluso empeorado, las cosas entre ellos?

–Te dejaré para que te vistas. Nos encontraremos en el vestíbulo unos minutos antes de las once.

Alyse asintió en silencio. ¿Sería siempre así? ¿Una sucesión de encuentros formales sin la menor intimidad ni emoción? No, no podría soportarlo. Algo tendría que cambiar, tarde o temprano.

Tal vez en St. Cristos.

Horas después estaban a bordo del avión de la familia real, y Leo se había encerrado en el despacho sin esperar siquiera al despegue. Alyse ya había viajado en el lujoso aparato al volar desde Inglaterra a Maldinia, pero la opulenta cabina no dejaba de sorprenderla. Su familia era rica y respetada; no en vano su padre había levantado un imperio financiero y su madre había heredado una fortuna. Pero su riqueza no podía compararse con la de la familia real. No pertenecían a la realeza.

«Tú ahora sí».

Aún le costaba creérselo. ¿Cómo iba a sentirse princesa, reina, si ni siquiera se sentía como la mujer de Leo?

Sintió una punzada de irritación. Por muy falsa que fuese su relación, la actitud de Leo estaba siendo intolerablemente grosera.

Se levantó del sofá y fue en su busca. Lo encontró sentado tras una mesa, inclinado sobre un montón de papeles. Iba vestido de manera cómoda e informal, con una camisa azul y unos pantalones oscuros, pero su aspecto era tan irresistible como siempre.

–¿Qué ocurre? –preguntó al verla acercarse.

–Me preguntaba si tenías intención de pasarte todo el vuelo en este despacho.

–¿Te importa mucho?

La irritación se mezcló con el dolor.

–Un poco sí, Leo. Entiendo que no quieras que cambie nada entre nosotros, pero no estaría de más hablar un poco. ¿O es que vamos a pasarnos la próxima semana intentando evitarnos el uno al otro?

La pregunta pareció desconcertarlo.

–No estoy intentando evitarte.

–¿Ah, no? ¿Entonces te sale de manera natural?

–No llevamos en este avión ni diez minutos –replicó él–. ¿No puedes distraerte tú sola un poco más?

Alyse sacudió la cabeza con impaciencia. Tal vez a Leo no le pareciera muy razonable su actitud, pero se trataba de algo más importante que un simple viaje en avión.

–Puedo arreglármelas yo sola perfectamente –le aseguró–. Pero no me seduce la idea de vivir en aislamiento.

Leo apretó los labios.

–Despegaremos dentro de unos minutos. Me reuniré contigo en la cabina antes del despegue.

Alyse decidió no presionarlo más. No era el momento de tener una discusión ni de confesarle que no se creía capaz de soportar mucho tiempo aquella clase de vida, a pesar del trato al que había llegado con el rey Alessandro.

«Los sentimientos llegan con el tiempo, ¿no?». Alyse había depositado todas sus esperanzas en aquel comentario, cuyo único propósito era tranquilizarla. Se había pasado seis años creyendo que podía ser cierto, construyéndose castillos en el aire.

Leo había devuelto la atención a sus papeles. Alyse dudó unos breves segundos y regresó a la cabina.

Su irritación aumentó cuando Leo no salió del despacho para el despegue, y cuando el personal de vuelo le sirvió un agua con gas en vez del champán que se enfriaba en una cubitera, obviamente destinado a que la pareja brindara por su unión.

Evitó las miradas del personal y se puso a leer en su e-reader. Se había descargado muchos libros antes de salir, consciente de que iba a pasarse mucho tiempo leyendo en la luna de miel.

Horas después, Leo hizo su aparición.

—Lo siento —se disculpó, sentándose frente a ella—. Tenía que resolver algunas cosas antes de olvidarme del trabajo por una semana.

Sus disculpas, sin embargo, no consiguieron apaciguar a Alyse.

—Si no quieres que tu personal empiece a cotillear, deberías dedicarle un poco más de atención a tu esposa.

—Solo llevamos casados un día —le recordó él, impertérrito—. Hasta las parejas locamente enamoradas tienen trabajo que hacer.

—¿Incluso en su luna de miel?

Él entornó los ojos.

—Tengo un deber que cumplir con mi país...

–Todo este matrimonio se basa en el deber –lo interrumpió ella, y enseguida deseó haberse mordido la lengua. Sus palabras dejaban en evidencia lo desgraciada que se sentía.

–Cuidado –le advirtió él en voz baja, mirando la puerta de la cabina.

–En nuestra vida siempre habrá que tener cuidado –replicó ella sin poder contenerse. Hasta ese momento había conseguido mantener oculto su dolor y frustración. ¿Por qué de repente empezaba a flaquear?

–Lo supiste desde el principio –Leo le lanzó una mirada severa–. Creo que deberíamos dejar esta conversación para otro momento.

–Al menos tendremos una conversación, para variar. –desvió la mirada e intentó recuperar la compostura en la que se había refugiado durante los últimos años. Nunca había sido tan franca con Leo. Nunca le había demostrado lo mucho que le dolía su indiferencia ni lo mucho que esperaba de él.

–¿Pero qué te pasa? –le preguntó Leo–. Nunca te había visto así.

–Nunca habíamos estado solos como ahora –respondió ella, sin mirarlo–. Simplemente no quiero que me ignores ni me evites durante toda la semana. Me volveré loca.

Leo guardó silencio unos instantes.

–No tengo intención de ignorarte ni de evitarte. Solo me estoy comportando como siempre hemos hecho. Creía que habías aceptado las condiciones de nuestra relación, al igual que yo.

A Alyse le costó mantener el rostro sereno y la voz tranquila. Las palabras de Leo le dolían terriblemente.

–Las he aceptado. Pero ahora es distinto. Estamos casados y vamos a pasar más tiempo juntos. Tiempo a solas. Al menos podríamos intentar disfrutarlo.

En realidad, quería mucho, muchísimo más, pero si Leo aceptaba sería un comienzo.

Él no respondió. Sacó la botella de la cubitera y llenó dos copas.

—Supongo que es una petición razonable —Alyse no supo si echarse a reír o a llorar por el tono tan reacio en que lo dijo.

—Me alegra que lo veas así —repuso, y aceptó una copa de champán.

—Tal vez deberíamos haber hablado antes de nuestras expectativas respecto al matrimonio.

—¿Habría supuesto alguna diferencia?

—Para mí no —Leo levantó su copa—. ¿Por qué brindamos?

—Por el futuro —fue lo único que se le ocurrió a Alyse—. Sea lo que sea lo que nos depare.

Leo asintió, bebió y observó cómo Alyse se llevaba lentamente la copa a los labios. Estaba muy pálida y parecía triste, pero Leo no se imaginaba cuál podía ser el motivo. ¿Qué esperaba de él? ¿Y por qué quería cambiar las cosas después de tanto tiempo aceptando el status quo?

Se removió en el asiento y se giró hacia la ventanilla. El cielo era un interminable manto azul radiante. Pensó en la semana que iban a pasar en St. Cristos, el destino más anhelado por las parejas de todo el mundo para el viaje de novios, y que en su caso serviría para perpetuar el mito de su relación. Una relación que debía seguir siendo como era.

Pero en algunos aspectos era inevitable que cambiara al pasar más tiempo juntos. Alyse tenía razón, aunque a él no le gustara. El problema era que, mientras que él no servía para las relaciones íntimas ni para los sentimientos de ningún tipo, Alyse esperaba recibir un poco de todo eso.

Tal vez pudiera darle un poco de conversación. Y algunos caprichos y placeres... como la consumación del matrimonio. Tal vez pudieran entenderse en la cama, pero nada más. No quería conocer a Alyse. No quería que aquella relación fuera más de lo que era, una farsa escrupulosamente interpretada.

Por mucho que ella deseara algo más, él no iba a dárselo.

Cuando aterrizaron en St. Cristos, Alyse estaba agotada por el viaje y por la tensión que Leo le provocaba. Antes de la boda solo se habían visto unas cuantas veces, y siempre en presencia de otras personas. Nunca habían pasado más de unas pocas horas juntos, ni más de unos escasos minutos a solas.

Siempre había confiado en que cuando estuvieran los dos solos todo se volviera más natural. Hablarían, se conocerían, se comportarían como personas normales y civilizadas. Salvo que el concepto de civismo para Leo era tan frío e insensible que Alyse no creía que pudiera soportarlo.

Tras la breve charla en el avión no habían vuelto a dirigirse la palabra, ni tampoco en el trayecto desde la pista de aterrizaje hasta el complejo vacacional. Alyse se dedicó a admirar el paisaje de la isla. La estrecha carretera cruzaba un inmenso palmeral, en el horizonte se elevaban verdes colinas y a lo lejos se veía el mar centelleando bajo el sol de la tarde. Había siete horas de diferencia con Maldinia.

La limusina se detuvo frente a un grupo de cabañas de aspecto sencillo pero lujoso. Todo el personal estaba esperando junto a la cabaña principal, en fila y sonrientes.

El complejo no albergaría a otros huéspedes durante

aquella semana, para que así los recién casados pudieran disfrutar de la mayor intimidad posible. Pero, en aquellos momentos, Alyse no tenía fuerzas ni ánimos para saludar a todos los empleados que aguardaban su llegada.

–Vamos allá –murmuró Leo, y con una fría sonrisa la ayudó a salir del vehículo.

Alyse apenas fue consciente de los saludos que prodigaba y de las manos que estrechaba, mientras Leo la rodeaba con un brazo y la besaba en la mejilla para que todos lo vieran. Al cabo de unos minutos que se le hicieron eternos los condujeron a sus aposentos, situados en una bonita cala privada.

De pie en el centro de la cabaña, Alyse observó el escaso pero carísimo mobiliario: un par de armarios de teca, un sillón de mimbre y una inmensa cama con sábanas de lino. La mosquitera de la puerta había sido recogida y se podía ver el mar a unos pocos metros.

No había televisión, ni ordenador, ni teléfono, ni cobertura para los móviles. Nada que impidiera a una pareja de novios pasar el tiempo en su mutua compañía.

Salvo Leo.

–Creo que saldré a dar una vuelta –dijo Leo–. ¿Por qué no aprovechas para instalarte y ponerte cómoda?

Tiempo juntos...

Alyse se puso a deshacer el equipaje, rechazando la ayuda que le había ofrecido el personal. En esos momentos no quería ver a nadie. No se necesitaba mucha ropa para pasar una semana en el Caribe, de modo que apenas le llevó tiempo. Acabada la tarea, estuvo un rato dando vueltas por la cabaña. Una parte de ella quería que Leo regresara, pero otra parte prefería que no lo hiciera. Su evidente falta de interés resultaba muy difícil de asimilar.

Decidió darse un baño y se probó uno de los bikinis

que habían elegido para ella. Ni siquiera había visto la ropa que le habían preparado, y el bikini le pareció excesivamente provocativo para su gusto. Pero, como estaba sola, se olvidó de su timidez y se dirigió hacia el mar.

La fina arena bajo los pies desnudos y el agua cálida y transparente lamiéndole los tobillos la ayudaron a relajarse un poco. Quizá cuando Leo regresara pudieran tener la charla a la que él se había resistido en el avión. Ella le hablaría razonablemente y le explicaría que no quería seguir comportándose como si no se conocieran. Si no podían ser una pareja normal, al menos podían ser amigos. Cualquier cosa sería más soportable que aquella odiosa indiferencia.

Respiró hondo y se sumergió para nadar bajo el agua, deleitándose con la sensación de libertad y silencio.

Al volver a emerger, se apartó el pelo de la cara y le dio un vuelco el corazón al ver a Leo en la orilla, vestido únicamente con unas bermudas.

—Me preguntaba cuándo volverías a salir para tomar aire —le dijo él, entornando los ojos contra el sol—. No sabía que fueras tan buena nadadora.

Ella se puso de pie. El agua no era muy profunda y solo le llegaba a la cintura.

—Hay muchas cosas que no sabemos el uno del otro.

A pesar de la distancia vio el destello de sus ojos al recorrerla con la mirada, cubierta con un minúsculo bikini y con el agua chorreando por la piel. Se le tensaron los músculos y un brote de esperanza renació en su interior.

—Sí —afirmó él—. Muchas cosas.

A Alyse se le desbocó el corazón. Era la primera vez que veía el deseo en los ojos de Leo. Pero el calor salvaje que desprendía su mirada también le provocaba temor.

–¿No te bañas? –lo animó.

–Creo que lo haré –se adentró en el agua y Alyse ahogó un gemido al contemplar su poderosa musculatura. Era perfecto en todos los sentidos.

Se acercó nadando a ella y se puso de pie a su lado. El agua le resbalaba por el pecho y las caderas. Estaba tan cerca que Alyse podía sentir el calor que emanaba de su cuerpo. Tan cerca que podría tocarlo, apretar la mano contra sus músculos o lamer las gotas de agua salada de su piel...

–Este lugar es precioso, ¿verdad? –comentó estúpidamente. No sabía cómo reaccionar ni qué decir. Lo único que podía hacer era sentir un deseo abrumador y albergar la esperanza de que él sintiera lo mismo por ella.

En esos momentos no le interesaba nada más.

–Sí que lo es –corroboró Leo en voz baja. Alargó el brazo y la tocó en la mejilla. Era la primera vez que la tocaba a solas, y aunque Alyse lo había estado esperando y deseando, la caricia la sorprendió y la hizo estremecerse–. Como tú.

Alyse estaba fascinada por el calor de sus ojos y el roce de sus dedos. La expresión de Leo no era del todo natural, pero ella no podía evitar desearlo con todas sus fuerzas.

–Me pregunto... –continuó él mientras le acariciaba la mejilla–. ¿Cómo haces que algo que era falso se vuelva real? ¿Qué es verdad y qué es mentira?

Alyse sintió que le estallaba el corazón. El hecho de que Leo se hiciera aquella pregunta bastaba para darle esperanza.

–Quiero que sea real, Leo –le susurró.

Él torció los labios en una media sonrisa e inclinó la cabeza hasta casi rozarle la boca.

–Ya es lo bastante real –murmuró, y entonces la besó.

No fue un beso casto y fingido como los que le había dado ante las cámaras y la gente. Tomó posesión de su boca con un ansia posesiva y salvaje, introduciéndole la lengua luego de lamer sus labios. Alyse gimió ahogadamente al sentir el placer que la abrasaba por dentro, tan fuerte como la esperanza que prendía en llamas.

Leo la sujetó por las caderas y la apretó contra su erección mientras le prodigaba un reguero de besos ardientes por la boca y la mandíbula, antes de bajar por el cuello hasta los pechos. Alyse se estremeció y echó la cabeza hacia atrás para entregarse por completo.

–Leo...

Él levantó la cabeza y le sonrió.

–La situación se ha descontrolado un poco, ¿no? No quiero que consumemos el matrimonio aquí, en el mar –se separó y Alyse sintió una ráfaga de frialdad y vacío–. En cualquier caso, solo he venido para decirte que la cena será servida en breve. El servicio está preparando una mesa en la playa.

–¿No podemos cenar en el restaurante? –preguntó ella, sintiendo que la esperanza se desvanecía.

–Sí, pero así es más romántico.

Leo volvió nadando a la orilla. Alyse esperó un momento, tomó aire y se sumergió para seguirlo bajo el agua.

Una vez en la cabaña, Leo recogió la ropa y entró en el baño. Necesitaba una ducha fría. Su propósito no había sido besar a Alyse al meterse en el agua, pero al verla con aquel diminuto bikini había perdido el control de sus actos. Su cuerpo llevaba mucho tiempo esperando para satisfacer sus necesidades más primarias, y el beso había sido increíblemente voraz y apremiante, y le había despertado un deseo hasta entonces insospechado. Le había costado toda su fuerza de voluntad separarse de ella. Alyse era seguramente virgen, y se merecía algo más que un rápido revolcón en la arena. Leo quería tomarse su tiempo y hacer que la experiencia fuese placentera para ambos, no solo un medio de desahogo. Era el único aspecto del matrimonio donde esperaba encontrar un poco de satisfacción mutua.

Pero no le gustaba haber perdido el control en el agua. Él jamás perdía el control, y la última persona que debía suponer un riesgo era su mujer.

Diez minutos de gélida ducha después, había conseguido sofocar la libido. Se puso unos pantalones chinos y un polo verde oscuro y fue en busca de Alyse, quien se había duchado en otro cuarto de baño y estaba sentada en un sillón de mimbre. El pelo húmedo se le rizaba en los hombros, y el vestido azul sin mangas resaltaba el color de sus ojos. Estaba descalza y sus largas piernas lucían un bonito bronceado.

Siempre la había visto rodeada de estilistas, con su ropa cuidadosamente elegida, perfectamente maquillada, sin un solo pelo fuera de lugar. Pero al verla sin maquillaje, sin joyas y con algunas pecas en la nariz provocadas por el sol, decidió que le gustaba más verla así. Su imagen era mucho más natural.

El sol empezaba a ocultarse y proyectaba sus últimos rayos dorados sobre la plácida superficie del mar. La mesa ya estaba preparada para dos en la playa. Leo se puso a deshacer su equipaje mientras Alyse leía, sintiendo su proximidad, el calor y la suavidad de su cuerpo, el delicado olor a champú o a colonia...

«Contrólate».

–La cena está lista –anunció en un tono exageradamente brusco.

Alyse alzó la vista de su e-reader, lo dejó a un lado y se levantó. El vestido se ceñía a su figura, realzando sus pechos, pequeños y perfectos, su cintura de avispa, sus larguísimas piernas... Estaba por debajo de su peso normal, sin duda debido al estrés de la boda, pero seguía teniendo un físico espectacular.

El cuerpo de Leo volvió a reaccionar.

Aquella noche, pensó. Aquella noche consumarían su matrimonio de la única manera que importaba.

En la cama.

Capítulo 4

ALYSE siguió a Leo a la playa, bañada por un resplandor violáceo mientras el sol se ocultaba lentamente en el horizonte.

El personal se había retirado tras preparar la mesa, de modo que estaban los dos solos a la luz de las velas, con una cubitera en la arena donde se enfriaba el champán y la ensalada de cangrejo servida en platos de porcelana. Era la cena más romántica que Alyse podría haberse imaginado... pero tenía la sensación de estar adentrándose en un campo de minas.

No sabía cómo comportarse con Leo, y menos después del beso. No había dejado de pensar en ello, y en la innegable certeza de que Leo la deseaba.

«¿Cómo haces que algo que era falso se vuelva real?».

Sus palabras le habían llegado al alma, porque en su ingenuidad había creído que se refería al matrimonio.

Pero al verlo alejarse hacia la orilla supo lo que había querido decir realmente: lo único real entre ellos era la atracción sexual.

«Algo es algo», se dijo a sí misma mientras lo seguía hasta la mesa. Pero Leo parecía decidido a no darles una oportunidad.

Él le retiró la silla con una ligera reverencia.

—¿Vino? —le ofreció, y ella asintió.

Sirvió las copas y se sentó frente a ella para tomar un sorbo mientras contemplaba el mar. Él tal vez no estuviera dispuesto a arriesgarse, pero ella sí que lo estaba. Tomó aire y le dedicó la sonrisa más radiante que pudo.

–¿Qué vamos a hacer mañana? ¿Buceo? ¿Submarinismo? ¿Senderismo?

Él puso una expresión de espanto tan cómica que a Alyse le entraron ganas de reír.

–No pongas esa cara –le dijo en tono irónico–. Ni que te hubiera sugerido hacer macramé.

–¿Macramé?

–Tejer nudos decorativos. Es una de mis pasiones, y tenía la esperanza de compartirla contigo.

En esa ocasión no pudo evitar una carcajada al ver la cara de Leo. La risa le sentó bien, pero la respuesta jocosa de él fue todavía mejor.

–Me estás tomando el pelo. Seis años y yo sin saber que tenías sentido del humor.

¿Cómo iba a saberlo si no se había molestado en conocerla de verdad?

–Bueno, nunca hemos tenido una conversación como es debido –Alyse intentó adoptar un tono ligero, pero sus palabras estaban cargadas de resentimiento. Tendría que esforzarse más–. En cualquier caso, nunca hemos hablado de macramé.

–Confieso que me alivia saber que no es una de tus pasiones –respondió él, mirándola con una ceja arqueada–. No lo es, ¿verdad?

–No –sonrió–. Definitivamente, no es una de mis pasiones.

Él asintió y no se preocupó de saber más sobre ella. Nunca lo hacía.

–¿Qué te parece si hacemos submarinismo? –le propuso Alyse–. No estoy cualificada, pero he leído que en la isla hay instructores que pueden prepararte en un día.

Leo emitió un murmullo evasivo y Alyse volvió a sentirse invadida por el dolor y la frustración.

–Creo que te gustaría hacer submarinismo –insistió–. Bajo el agua no se puede hablar.

–No tengo ningún problema para hablar.

–¿Y para hablar conmigo?

Él negó con la cabeza. La irritación ardía en sus ojos.

–Alyse...

–No entiendo por qué no podemos ser amigos –lo interrumpió ella a la desesperada–. Ya sé que nuestro matrimonio no es muy ortodoxo, y lo acepto, pero tenemos que vivir juntos, Leo. ¿No podemos buscar la manera como... como buenos amigos?

Hubo un silencio. Leo se limitó a observarla por encima de la copa de vino. Era obvio que no la quería en su vida. Ni siquiera como amiga.

–Dime algo –le imploró ella, incapaz de soportar el silencio.

–No sé qué decir que te pueda gustar oír.

–A estas alturas, cualquier cosa es mejor que nada.

–No estoy seguro de que para nosotros sea posible ser amigos –dijo él, eligiendo cuidadosamente sus palabras.

–¿No? –Alyse lo miró con una gran confusión–. ¿Por qué?

–Porque no quiero ser amigo tuyo.

Nada más decirlo se dio cuenta de lo cruel que sonaban sus palabras. Crueles y deliberadamente frías, lo cual no había sido su intención. Pero estaba hecho un lío desde que Alyse empezara a provocarlo y a pedirle cosas que él no sabía cómo darle.

En cuanto a Alyse... al principio pareció aturdida, pero luego desvió el rostro hacia la oscuridad y a Leo le fue imposible ver su expresión.

–Alyse... –no sabía cómo explicarse. Ni siquiera sabía si podía hacerlo.

Ella se levantó de la silla y se alejó rápidamente por la playa. La oscuridad engulló su esbelta figura y Leo sintió una incómoda mezcla de irritación, remordimiento y decepción. Debería haber manejado la situación de otra manera, de haber sabido cómo.

Dejó la servilleta y se levantó.

—¿Adónde vas?

Desde las sombras del crepúsculo le llegó la respuesta ahogada de Alyse.

—Si te preocupa que pueda hacer algo indiscreto, estate tranquilo. Simplemente no soporto estar sentada a la misma mesa que tú.

—No me extraña —dijo él con una mueca.

Ella no respondió.

—No te veo —Leo suspiró y dio unos cuantos pasos hacia ella. La arena estaba fría y suave bajo sus pies desnudos—. ¿Dónde te escondes?

—No me escondo —declaró ella, y él vio que se había alejado hasta el extremo de la pequeña cala. Estaba de espaldas a él, encorvada frente a la pared rocosa, sin posibilidad de escapatoria.

—Lo siento —dijo él al cabo de un momento—. No quería decir eso.

—Pues lo has dicho.

—Solo quería decir que sería más fácil si no intentáramos ser amigos.

Ella soltó una áspera e incrédula carcajada y se dio la vuelta.

—¿Más fácil? Será para ti, tal vez.

—Sí, para mí —se metió las manos en los bolsillos, cambiando el peso de un pie a otro—. No tengo que recordarte que este matrimonio es un acuerdo de conveniencia, Alyse.

—Eso no significa que no pueda llegar a ser algo más —repuso ella.

«¿Algo más?» Leo empezaba a sospechar que Alyse albergaba unas esperanzas que a él lo horrorizaban.

—Está claro que no te gusta la idea –continuó ella en tono ligeramente burlón–. Te has quedado mudo.

—No me lo esperaba –respondió él con cautela–. Creía que estábamos de acuerdo en lo que significaba este matrimonio.

—Teniendo en cuenta que nunca lo hemos hablado, no sé cómo pudimos estar de acuerdo en nada.

—Teniendo en cuenta que los dos aceptamos representar un papel durante seis años, no sé por qué te parece que deberíamos cambiar nada.

Los ojos de Alyse relampaguearon con determinación y desafío. Leo no sabía cómo reaccionar. Se sentía acorralado, furioso e inseguro. ¿Por qué aquella mujer a la que él había creído conocer tan bien, y que en realidad no conocía en absoluto, estaba cambiando y, lo que era aún más escalofriante, lo estaba haciendo cambiar a él?

—Los dos tenemos lo que queríamos, Alyse.

—¿Y qué es?

—Limpiar la reputación de la monarquía y darle un heredero a la familia real.

—Ah, un heredero –Alyse se cruzó de brazos y lo miró fijamente–. Acostarse contigo no resulta muy tentador, la verdad, después de haberme dicho que no tienes el menor interés en conocerme.

—No sé por qué tendría que suponer una diferencia. Ella volvió a reírse.

—Debería haberme imaginado que dirías algo así.

Leo se pasó una mano por el pelo. Tenía que hacer algo para remediar la situación, y rápido.

—Oye, ya te lo he dicho. No pretendía que sonara así. Lo que pasa es que nunca había pensado en... en la amistad.

—Pues yo sí creo que lo has dicho en serio. Lo que

no pretendías era que sonara tan brutalmente sincero
–pasó a su lado para volver a la mesa, rozándole las
piernas con el vestido. Leo aspiró el olor a sol y mar y
esperó un momento antes de seguirla.

Alyse se sentó y se puso a comer su ensalada rápidamente, sin que pareciera disfrutar de la comida en absoluto.

También Leo había perdido el apetito. Se sentía culpable al ver su rostro, pálido y demacrado, como si le
hubiera causado un profundo dolor o decepción. Era
una sensación que había experimentado varias veces,
en mayor o menor grado, desde que pronunciaron sus
votos matrimoniales. Y no le gustaba nada. No quería
que Alyse se sintiera dolida, ni quería preocuparse por
ello. Pero ambas cosas eran ciertas y no sabía qué hacer
al respecto.

–No pretendía ofenderte, de verdad –dijo finalmente.
Alyse ya había devorado la mitad de la ensalada mientras que la suya permanecía intacta.

–Te sugiero que seamos amigos y dices que no te in-
teresa –replicó ella sin levantar la vista de su comida–.
¿Cómo esperas que no me sienta ofendida?

–No me esperaba algo así –le espetó él–. Durante
seis años hemos sido prácticamente unos desconocidos
y tú no parecías tener ningún problema. ¿Por qué debería cambiar algo ahora?

–Porque estamos casados.

–Solo sobre el papel –dijo él con dureza, sin poder
controlar su temperamento–. No cambia nada. No tiene
que cambiar nada.

Ella lo miró, sin color en las mejillas ni en los labios.

–No quieres que cambie.

–No.

Ella sacudió lentamente la cabeza y se mordió los labios mientras apartaba la mirada.

–¿Por qué no? ¿Qué tienes contra mí?

–Por el amor de Dios... –suspiró profundamente–. Nada. No tengo nada contra ti.

–¿Solo contra las mujeres en general?

Leo maldijo entre dientes.

–No, no tengo ningún problema con las mujeres, Alyse. No tengo ningún problema con nada. Solo quiero lo que creía que habíamos acordado... una relación de conveniencia por el bien de la monarquía.

–¿De verdad crees que me importa la monarquía? –preguntó ella, con una voz trabada por la emoción que hizo recordar a Leo lo dañino que podía ser el deseo.

Él mismo había sentido una vez aquella angustia, mucho tiempo atrás, y se había jurado no volver a sentirla. Por eso se había casado. Para evitar el dolor y los problemas, costase lo que costase.

–Algo debe de importarte, cuando has accedido a casarte conmigo y mantener esta farsa.

–Nunca me ha importado la monarquía –insistió ella. Su expresión era indescifrable en las sombras de la noche–. Ni ser reina. Ni nada.

A Leo se le pusieron los vellos de punta. Sabía que Alyse le estaba diciendo la verdad, y eso lo asustaba. Todo sería más fácil si ella hubiera aceptado el acuerdo por las ventajas y beneficios materiales.

–Entonces, ¿por qué aceptaste un compromiso y un matrimonio falso? –nunca le había hecho aquella pregunta, pues nunca había querido saber la respuesta.

–¿Por qué? –repitió ella débilmente, sin mirarlo–. Ya no importa.

Leo optó por no insistir. Realmente no quería saberlo.

Ninguno de los dos habló durante un largo rato, sumidos en un tenso y triste silencio, hasta que Alyse se giró hacia él.

–Sigo sin comprender por qué la amistad habría de complicar las cosas. Tendría que ser al contrario. Vamos a pasar juntos el resto de nuestras vidas. Vamos a tener hijos... –se le volvió a quebrar la voz por la emoción.

Por eso no había lugar para la amistad, pensó Leo. Porque abriría una puerta que él había mantenido siempre cerrada.

–Todo esto ya lo sabías, Alyse. Sabías dónde te estabas metiendo y lo que aceptabas hacer.

–Saber algo y vivirlo son dos cosas muy diferentes –replicó ella–. ¿De verdad no sientes que haya cambiado nada, Leo? ¿No te supone ninguna diferencia que estemos casados?

Él quería decir que no. Y debería hacerlo, para zanjar de una vez por todas aquella charla sobre la amistad y los sentimientos. Pero no pudo decirlo porque no era cierto. Sentía que algo había cambiado, aunque no lo quisiera.

Arrojó la servilleta en la mesa con impaciencia. Apenas había tocado la comida, pero no tenía hambre.

–La razón por la que he dicho eso es porque no estoy seguro de que pueda ser tu amigo.

–¿Por qué?

–Porque... nunca he tenido amigos –la confesión resultaba tan patética que se enfureció consigo mismo y con ella, por haberlo llevado al límite.

Alyse lo miró boquiabierta.

–¿Nunca has tenido amigos? –preguntó con incredulidad.

–La verdad es que no –no era cierto. Había tenido al menos un amigo... el mejor amigo y hermano que se podría tener. La única persona con la que se había permitido ser él mismo. La única persona en la que había confiado.

¿Y para qué? La relación más auténtica que había tenido en su vida resultó ser tan falsa como el resto.

–¿Por qué no?

Él se encogió de hombros.

–Cuando toda tu vida se examina con lupa es difícil mantener una amistad verdadera –odiaba ser el centro de atención, pero había elegido aquella opción por él mismo y por el matrimonio.

–Aun así –dijo ella en tono compasivo–, tendría que haber alguien que...

–No he vivido aislado del mundo –la interrumpió él–. He tenido conocidos, sirvientes...

–No es lo mismo.

–Tal vez no, pero no se echa en falta lo que nunca has tenido.

El problema era que él sí lo había tenido... y lo echaría terriblemente de menos si se permitía flaquear.

Alyse guardó un largo silencio, con expresión pensativa y la cabeza ladeada mientras lo miraba fijamente.

–¿Crees que podrías intentarlo conmigo? –le preguntó finalmente.

–¿Intentar qué?

–Ser mi amigo. Y dejarme ser tu amiga.

Leo endureció la mandíbula y se pasó una mano sobre la cara.

–Lo siguiente será pintarnos las uñas y hacer... ¿cómo se llamaba eso? ¿Macramé?

Una tímida sonrisa curvó los carnosos labios de Alyse, y Leo sintió que se le disparaba la libido a pesar de la tensión.

–Nada de tejidos, te lo prometo. Ni de esmalte de uñas.

–Bien –Leo intentó sonreír, pero no pudo. No soportaba más. La emoción, la sinceridad, la intimidad... Se sentía como si fuera a estallar.

Devolvió la atención a su plato.

–Lo de hacer buceo suena bien –dijo a regañadientes. Como Alyse había dicho, no se podía hablar con un tubo en la boca.

Y por la mueca de disgusto que puso Alyse, era obvio que había adivinado por qué elegía aquella actividad.

Capítulo 5

EN CUANTO acabaron de cenar, Leo se disculpó para ir a dar un paseo. Alyse lo vio alejarse por la playa hasta desaparecer en la oscuridad. No le propuso acompañarlo, sabiendo que ya había tenido bastante. Había sido la conversación más sincera e íntima que habían tenido en seis años, y solo había servido para darse cuenta de lo poco que se conocían.

Y, sin embargo, lo amaba. Muchas veces se había preguntado cómo se podía amar a alguien a quien apenas se conocía y quien se empeñaba en protegerse de todo el mundo. Seguía sin saber la respuesta, pero no podía reprimir ni ignorar el desesperado anhelo que él la hacía sentir.

Lo había sentido desde que él fue a la fiesta de su decimoctavo cumpleaños. Al ver una de sus raras sonrisas se le había desbocado el corazón, y a punto estuvo de salírsele del pecho cuando él la rozó con sus dedos. No entendía por qué, pero reconoció las señales. Igual que sus padres.

Amor a primera vista. Ni a su peor enemigo se lo desearía si no era correspondido.

Suspiró tristemente y volvió a la cabaña. Era medianoche y estaba agotada, pero no consiguió conciliar el sueño. Tendida entre las frescas sábanas de lino, esperando el regreso de Leo mientras escuchaba las olas y las cigarras, reproducía una y otra vez en su cabeza la conversación con Leo.

«Nunca he tenido amigos».

Le costaba creerlo, pero si fuera cierto explicaría muchas cosas. Su actitud reservada, su rechazo a la compañía, su falta de deseo por todo lo que fuera real, íntimo y sincero...

También ella había tenido una infancia solitaria. Siendo hija única de unos padres locamente enamorados, su educación había quedado en manos de una institutriz melancólica y taciturna, antes de que la mandaran a un internado donde su timidez le impidió encajar. En la universidad sí consiguió hacer finalmente amistades, ¿y adónde la habían llevado? A algo que no quería recordar.

Y luego estaban los seis años que se pasó en el centro de la opinión pública. A veces sentía que la conexión que experimentaba con la gente que se agolpaba en la calle para saludarla era la relación más humana y auténtica que conocía, lo cual decía mucho sobre la falta de intimidad en su vida.

Era extraño pensar que Leo y ella hubiesen experimentado la misma soledad y que, sin embargo, hubieran reaccionado de manera totalmente contraria. Él se protegía en su aislamiento; ella anhelaba el contacto.

Se preguntó si alguna vez llegarían a un compromiso, y si tal compromiso los satisfaría a ambos.

Leo caminó por la playa hasta que unas rocas le cortaron el paso. Se detuvo y soltó un débil suspiro. Necesitaba espacio tras la conversación con Alyse, pero al encontrarse ante la barrera rocosa supo que no podía huir de sus pensamientos.

Alyse le estaba pidiendo algo muy sencillo y razonable: amistad. La amistad no tenía por qué dar miedo. De hecho, podría hacer que todo fuera más fácil. Convivir en armonía sería mucho mejor que el silencio y la indiferencia. Y sin embargo...

Él se había pasado toda su vida en silencio, trabajando y cumpliendo con su deber. Porque el trabajo y el deber no defraudaban. No hacían daño. Eran constantes y seguros.

La amistad, en cambio, podía parecer inocente e inofensiva, pero Leo sabía que bastaba con abrirse mínimamente para que el dolor y la necesidad invadieran su corazón. Y, en cualquier caso, ni siquiera sabía cómo ser amigo de nadie. Podía parecer increíble, patético, pero era la verdad.

Se había acostumbrado a vivir en soledad y no quería cambiar.

Pero tenía que admitir que estaba cambiando. Inexorablemente. No soportaba haber herido los sentimientos de Alyse aquella noche.

Se suponía que aquel matrimonio estaría libre de sentimientos.

Maldijo entre dientes y se giró para regresar a la cabaña.

Se encontró a Alyse en la cama, tapada con la sábana de lino, boca arriba y completamente inmóvil.

Leo se sentó en el borde de la cama. Estaba muerto de cansancio, no solo por el vuelo y el desfase horario, sino también por el torbellino emocional que habían vivido desde la boda.

−¿Estás despierta? −preguntó en voz baja, y la oyó soltar el aire.

−No puedo dormir.

Se giró hacia ella e intentó distinguir su expresión a la pálida luz de la luna, pero no lo consiguió.

−No es solo por el desfase horario, ¿verdad?

Ella soltó una especie de risita, lo que animó extrañamente a Leo.

—No, por desgracia.

Alyse se movió en la cama y él vio que se le deslizaba un tirante del camisón por el hombro. Bajó inconscientemente la mirada a la suave piel de su cuello y la curva del pecho, y a pesar de la tensión que seguía habiendo entre ambos sintió la reacción de su entrepierna. Se obligó a mirarla de nuevo a los ojos y vio que lo estaba observando con cautela.

—Lo siento.

—¿Y por qué lo sientes, exactamente?

—Por la forma en que he llevado la conversación y por las cosas que te he dicho —admitió de mala gana—. No eran apropiadas ni venían al caso.

—Me parece una disculpa muy formal.

—No sé hacerlo de otra manera —dijo él, irritándose de nuevo.

Ella cedió con un suspiro.

—Está bien, Leo. Disculpas aceptadas —permaneció dubitativa, respirando suavemente. Leo vio como ascendían y descendían sus pechos a la luz de la luna, apenas cubiertos por un picardías de seda. ¿Acaso no le habían metido ningún pijama decente en la maleta?

Claro que no. Era su luna de miel y se suponía que estaban enamorados.

—¿Y ahora qué? —preguntó ella, agarrando la sábana con sus dedos largos y esbeltos—. ¿Crees que podemos ser amigos?

—Puedo intentarlo —respondió él sin mucha convicción, pero era todo lo que podía ofrecer.

Alyse lo miró con una media sonrisa.

—No puedo pedirte más que eso.

—Sigo queriendo lo mismo que antes —aclaró él—. Un matrimonio de conveniencia.

Alyse dejó de sonreír y apartó brevemente la mirada.

–Los matrimonios de conveniencia no tienen por qué estar carentes de sentimientos.

Para él sí. Porque así había decidido ser y actuar. Sin sentimientos, sin deseos, sin decepciones ni sufrimiento.

–Pueden ser amistosos –continuó ella con un hilo de esperanza.

Leo suspiró y se quitó el polo para ponerse el pijama. Lo hizo rápidamente, incómodo por la presencia de Alyse y por no haber intimado físicamente con ella aún. Después de la conversación de aquella noche, la consumación del matrimonio se le antojaba más lejana que nunca. El sexo y la emoción no iban juntos, pero tenía el presentimiento de que Alyse no podría separarlos. Y lo último que él necesitaba era que ella deseara algo más que una simple amistad. Algo como el amor.

–Oye –le dijo mientras se deslizaba bajo la sábana, sabiendo que debía ser totalmente claro–, no voy a amarte. Nunca he amado a nadie y nunca lo haré.

Ella guardó silencio unos instantes.

–¿Eso es lo que te preocupa? ¿Que pueda enamorarme de ti?

–Podrías llegar a creértelo.

–¿Tan ilusa me ves?

–Cualquiera que crea en el amor es un iluso.

Alyse se giró hacia él.

–¿Por qué dices eso?

–Porque el amor no es real. No es más que una reacción hormonal que cambia según tu estado de ánimo. No es algo que yo haya perseguido ni en lo que haya creído.

Ella volvió a quedarse en silencio, y Leo sintió que había revelado más de sí mismo de lo que pretendía.

–Si no crees que el amor sea real, no tendrás que preocuparte de que yo lo sienta, ¿no? –sugirió Alyse finalmente.

Él suspiró y se alejó del calor tan tentador que emanaba su cuerpo.

—Solo quiero que esté todo claro. Estoy dispuesto a intentar que seamos amigos... una especie de amigos, pero nada más.

—¿Una especie de amigos? —repitió ella en un tono que intentaba ser jocoso, pero que no podía ocultar el dolor subyacente a sus palabras—. ¿A qué especie te refieres, Leo?

Él miró el techo. La brisa marina agitaba y hacía crujir las hojas de palma.

—Ya te he dicho que nunca he tenido muchos amigos. Lo haré lo mejor posible.

Ella se inclinó hacia él, rozándole el hombro con sus pechos. El cuerpo de Leo reaccionó al instante y se apartó con todo el cuidado que pudo. El sexo estaba fuera de lugar aquella noche.

—No se puede pedir más de lo que uno puede dar —murmuró ella.

—Tendrá que ser suficiente para ti —dijo él, y a pesar de la oscuridad pudo ver y sentir la triste sonrisa de Alyse.

—Supongo que así tendrá que ser —aceptó ella, y ninguno de los dos volvió a hablar.

Capítulo 6

ALYSE se despertó con el calor de los rayos de sol y el suave murmullo de las olas. Se giró y vio a Leo dormido junto a ella, con una mano sobre la cabeza, una barba incipiente oscureciéndole el mentón, sus largas pestañas acariciándole las mejillas y los labios ligeramente entreabiertos. Dormido ofrecía una imagen más amable, casi vulnerable, muy distinta a la del hombre frío e implacable que era cuando estaba despierto.

Bajó la mirada a su pecho desnudo, que se alzaba serenamente con cada inspiración. Y siguió bajando hasta donde la sábana se arrugaba en torno a la cintura.

Durante unos instantes se torturó con la imagen de aquella perfección masculina. ¿Cómo sería tocar aquel pecho, deslizar la mano por el costado y sentir la piel ardiente y satinada bajo los dedos?

El deseo se arremolinaba vertiginosamente en su interior. No importaba que fueran amigos o no; lo deseaba y punto. Jugueteó brevemente con la idea de tocarlo y besarlo para que se despertara, pero no era lo bastante atrevida. Tenía miedo de su reacción.

Pero en algún momento tendrían que consumar el matrimonio. ¿Cuándo se fundirían la amistad y el deseo?

¿Se atrevería ella a esperar más?

Se levantó en silencio de la cama y se puso la bata que hacía juego con el picardías. Le echó una última mirada a Leo, que parecía profundamente dormido, y salió de la cabaña.

El sol apenas se había elevado sobre el horizonte y un resplandor dorado iluminaba la plácida superficie del mar. Alyse se sentó en la playa y hundió los dedos en la arena mientras rememoraba la conversación de la noche anterior: la conmovedora confesión de Leo sobre su carencia de amigos, la aceptación a regañadientes de la amistad que ella le proponía y la rotunda declaración sobre la imposibilidad de amarla.

¿De verdad tenía motivos para estar sorprendida? Al fin y al cabo, era lo que había sospechado y temido, pero una parte de ella se había empeñado en creer en un milagro. Durante años se había aferrado a la absurda esperanza de que Leo llegase a amarla y de que todo cambiase como por arte de magia.

Y seguía aferrándose. Torció el gesto en una amarga mueca al reconocer la verdad. A pesar de lo que Leo había dicho, seguía confiando en que la atracción física y la posibilidad de ser amigos se convirtiera en algo más profundo.

Lo más sensato sería renunciar a toda esperanza, dejar que se diluyera como la arena en el agua y seguir adelante con lo que pudiera conseguir. Pero sabía muy bien que no podría hacerlo y que conservaría la esperanza, porque, por pequeña que fuera, la esperanza era lo único que la sustentaba.

Y, además, ¿por qué Leo no podía llegar a amarla? «No voy a amarte. Nunca he amado a nadie y nunca lo haré». El recuerdo de sus palabras la llenó de dolor y asombro. ¿Por qué Leo era incapaz de amar, incluso a sus padres o a su hermana? «Cualquiera que crea en el amor es un iluso». ¿Qué lo había hecho cerrarse de aquella manera a los sentimientos?

¿Podría ser ella la que abriera su corazón?

—Buenos días.

Se giró y vio a Leo de pie en la playa, vestido únicamente con el pantalón del pijama.

—Buenos días —respondió, confiando en que su rostro no delatara lo que estaba pensando.

—¿Has dormido bien?

—No mucho.

Él esbozó una sonrisa que le desbocó el corazón a Alyse. ¿Sería consciente de su irresistible atractivo y de cómo le bastaba con una sonrisa para provocar estragos?

—Yo tampoco —se sentó a su lado y estiró las piernas—. No estoy acostumbrado a tener conversaciones como la de anoche.

—Ya me lo había imaginado.

—Resulta muy obvio, ¿verdad?

—Diría que sí, viendo que hablar de temas personales es como arrancarte un diente.

Él se echó a reír y meneó la cabeza.

—Bueno, al menos lo intenté.

—Es lo único que pido.

Él se giró hacia ella, muy serio.

—¿Lo único?

Ella se quedó en silencio ante su penetrante mirada. ¿Sospecharía Leo que estaba enamorada de él? La posibilidad era tan humillante como esperanzadora. Por un lado quería revelarle sus sentimientos y dejar de fingir, pero por otro la aterraba pensar en la reacción de Leo. No era el momento de arriesgarse, y tal vez no lo sería nunca.

—¿Buceo? —preguntó él, y ella asintió.

—Suena bien.

—¿Qué tal si vamos a vestirnos y a desayunar?

—De acuerdo.

Leo se levantó, se sacudió la arena del pijama y volvió a la cabaña. Alyse se quedó un momento sentada, viendo como se alejaba. Le costaba creer que fuera a pasar un día entero en compañía de Leo... y al mismo tiempo pensaba con ilusión en lo que aquel día pudiera depararle.

Aquel asunto de la amistad era bastante sencillo, decidió Leo. Al menos hasta el momento. Lo único que debía hacer era pasar un poco de tiempo con Alyse y hacer cosas con ella. Mientras se limitaran a realizar actividades de ocio, preferentemente aquellas que no facilitaran la charla, todo iría bien.

Veinte minutos después los dos estaban vestidos y de camino al restaurante para desayunar. Alyse llevaba unos pantalones cortos que dejaban al descubierto sus largas y esbeltas piernas y realzaban la curva del trasero, y una camiseta de color rosa ceñida que, sin ser impúdica, atraía la mirada de Leo a sus pechos, firmes y turgentes. Llevaba el pelo suelto y sus ojos relucían con destellos plateados.

Leo siempre había pensado que era una mujer atractiva, pero al verla con aquel aspecto informal y desenvuelto se dio cuenta de que era realmente hermosa.

Y de lo mucho que él la deseaba.

No había motivo por el que no pudieran ser amigos de día y amantes de noche. De hecho, era la solución perfecta.

Siempre que ella no confundiera las dos cosas y no empezara a pedirle más.

Él se encargaría de impedirlo a toda costa.

El restaurante estaba vacío, naturalmente, salvo por la media docena de empleados que se apresuraron a servirlos en cuanto Leo y Alyse entraron en el pabellón, protegido del sol y abierto al mar. Se sentaron en un rincón y a los pocos minutos ya tenían el café caliente y una jarra de zumo de naranja recién exprimido.

–Me muero de hambre –confesó Alyse, mirando el bufé que ocupaba un lado del comedor–. Creo que hay comida de sobra.

Leo observó las bandejas de pasteles, los cuencos de fruta, el cocinero que esperaba para hacer tortillas y los recipientes plateados que contenían beicon, huevos y salchichas.

–Eso parece.

–¿Y no te parece un desperdicio? Somos los únicos huéspedes del hotel.

–Seguro que el personal se la come. Este centro presume de ser ecológico.

–Me alegra saberlo –lo miró con curiosidad–. ¿Te preocupan esos temas?

Él se encogió de hombros.

–Mi propósito es llevar mi país al siglo XXI, tanto en el aspecto medioambiental como en todo lo demás.

–¿A qué te refieres?

Él volvió a encogerse de hombros, pero se sentía más incómodo por momentos. No estaba acostumbrado a que nadie le hiciera tantas preguntas.

–Maldinia está muy atrasada tecnológicamente con respecto a Europa. Estoy elaborando una propuesta para que Internet llegue a todo el país.

–¿No es así ahora?

–Solo en Averne y en los centros turísticos. Casi todo el país es agrícola y vive anclado en el siglo pasado.

Ella sonrió.

–Pero es bueno para atraer al turismo... Esos granjeros con trajes tradicionales pastoreando el ganado con sus cayados de madera. Muy pintoresco.

Él asintió.

–Puede resultar muy pintoresco en una postal, pero

esos granjeros deberían tener la posibilidad de consultar en Internet el parte meteorológico, o los resultados de la liga de fútbol, al volver a casa, ¿no crees?

Ella se echó a reír. Y Leo descubrió que le gustaba el sonido puro y cristalino de su risa. No la había oído mucho en los últimos seis años.

–Desde luego. El acceso a Internet es inalienable hoy en día.

–Así es –corroboró él seriamente. Los dos se sonrieron y Leo sintió una repentina euforia, acompañada de algo que no logró reconocer. Algo más profundo y casi doloroso.

Alyse fue la primera en apartar la mirada.

–No sabía que ya estabas implicado en el gobierno de tu país.

Leo endureció el gesto, y el momento se evaporó como el rocío de la mañana.

Bien. Era mejor así.

–Un poco –respondió secamente.

No estaba tan implicado como le gustaría. Durante quince años se había esforzado por demostrarle a su padre que estaba capacitado para ser rey y asumir las responsabilidades pertinentes. Al rey Alessandro tal vez no le importara mucho su país, tan absorto estaba en sus placeres personales, pero no quería que su hijo limitara su poder. Nunca había querido que Leo fuese rey, y, después de quince, años Leo seguía siendo un heredero ignorado.

Alyse removió su café, con expresión pensativa.

–Hay muchas cosas que no sé de ti.

Leo se puso en tensión. Una cosa era pasar tiempo juntos y hacer buceo, y otra muy distinta darse a conocer y responder las preguntas de Alyse.

–No pongas esa cara –lo tranquilizó ella–. No voy a preguntarte por tus secretos más inconfesables.

–No tengo secretos –intentó adoptar un tono des-

preocupado, pero se sentía incómodo. No solo po
curiosidad de Alyse, sino porque durante unos insta
había disfrutado con la conversación.

–¿Nada embarazoso que ocultar? –bromeó ella
una sonrisa, y Leo volvió a fijarse en lo apetitosos
parecían sus labios. Recordaba perfectamente su sa
a miel y sal–. ¿Ningún temor oculto?

Leo se obligó a apartar la mirada de su boca.
ojos de Alyse brillaban de regocijo. ¿Cómo era pos
que nunca se hubiera fijado en su color plateado?
eran exactamente grises, sino que resplandecían
motas doradas, como un cielo iluminado por la lu
salpicado de estrellas...

Santo Dios. Estaba pensando como un tonto ena
rado al comparar los ojos de Alyse con el cielo n
turno. ¿Qué demonios le estaba pasando?

–¿Temores ocultos? –repitió–. No, no tengo nad
eso –nada que estuviera dispuesto a compartir, al
nos, y tampoco los llamaría exactamente «temores».
bien inquietudes.

–Oh, vamos, Leo. Tiene que haber algo.

–¿Por qué no me cuentas algo de ti? –sugirió él–.
recuerdo más embarazoso, tu temor más secreto o..
sé, tu sueño más extravagante.

Ella sonrió y se inclinó hacia delante.

–Hay algo que no sabes.

–Muy bien –debía de haber mil cosas que no sa
de ella, pero sintió una repentina curiosidad por lo
iba a confesarle.

–¿Te acuerdas del primer beso que nos dimos y
la foto que dio origen a todo esto?

–Sí.

–Si te agarré el rostro fue porque era la primera
en mi vida que llevaba tacones y estaba a punto de
der el equilibrio.

Leo la miró con perplejidad unos segundos y luego se echó a reír. Ella también se rio, y Leo vio por el rabillo del ojo que el personal del restaurante sonreía con satisfacción.

Sería una buena foto para la prensa.

Aquella idea lo puso serio al instante.

—O sea, que si hubieras llevado zapatos de suela plana no nos habríamos casado.

—Pues no —corroboró ella, muy seria también—. Seguramente no —se miraron el uno al otro y Leo sintió el vacío y la desolación en el cruce de miradas. Su compromiso, el futuro que los aguardaba... todo había empezado por un detalle absurdo.

Y aquel pensamiento, en vez de resultarle indiferente o jocoso, lo llenó de una extraña tristeza. No tanto por él como por Alyse, por la expresión velada de sus ojos y el gesto torcido en una amarga mueca.

Tenía que poner fin a todo aquello. Tenía que dejar de sentir. El problema era que no sabía cómo detenerlo. Y, todavía peor, una parte de él ni siquiera quería detenerse.

Alyse no tenía motivos para sentirse molesta por la observación de Leo. Al fin y al cabo, era la verdad que ella había sabido desde el principio. Sin embargo, era un recordatorio doloroso, cuando por primera vez parecían estar disfrutando de la mutua compañía.

Se levantó y fue a llenarse el plato de comida para que Leo no viera el dolor en sus ojos. Él la siguió al bufé, y cuando volvieron a la mesa ella ya había recuperado la compostura.

—Te toca —lo animó mientras pinchaba un trozo de papaya—. Un temor oculto, un recuerdo embarazoso, un sueño extravagante. Tú eliges.

—No tengo nada de eso —respondió él, partiendo un cruasán en dos.

—Vamos, Leo. No eres un robot. Eres un hombre con sentimientos, miedos y esperanzas. Eres humano, por el amor de Dios. ¿O tienes una llave en la nuca, como ese episodio de *Doctor Who* en la casa de muñecas?

—¿Doctor Who? ¿De qué muñecas me hablas?

—¿No conoces esa serie de televisión?

—No veo la televisión.

Alyse soltó una carcajada.

—Realmente eres un robot.

—Vaya, has descubierto mi único secreto. Y yo que pensaba que lo tenía bien oculto.

Ella volvió a reírse, y la sonrisa de Leo la animó aún más. Nunca habían bromeado entre ellos, y el tono despreocupado de Leo era como una droga que la hacía desear más... por peligroso e insensato que fuera.

Leo se lo había dejado muy claro la noche anterior. Tendría que conformarse con lo poco que estaba dispuesto a darle.

Aunque para ella nunca fuese suficiente.

—Está bien, nada de temores ocultos, sueños extravagantes ni momentos embarazosos. ¿Qué me dices de tus aficiones?

—¿Aficiones? —repitió él con incredulidad.

—Sí, ¿has oído hablar de ellas? Pasatiempos tales como la lectura, la jardinería, coleccionar sellos —él la miró en silencio—. ¿Tenis? ¿Golf? ¿Alfarería?

—¿Alfarería? Creía que el macramé ya era bastante malo.

—Tienes que hacer algo para relajarte.

Él arqueó una ceja.

—¿Tan estresado te parezco?

—Ahora que lo dices... ¿Puedo sugerirte algo? ¿Qué tal las acuarelas?

Leo sacudió la cabeza.

—Juego al ajedrez.

–¿Ajedrez? –Alyse sonrió triunfalmente–. Claro... debería habérmelo imaginado.

–¿Por qué?

–El ajedrez requiere mucha paciencia y precisión, y a ti te sobran las dos cosas.

–No sé si tomármelo como un cumplido.

–¿Eres bueno?

–No se me da mal –lo que probablemente significaba que era un jugador formidable. Alyse se lo imaginó delante de un tablero, acariciando la reina de marfil con sus largos dedos.

Una punzada de deseo la traspasó y tuvo que recordarse que estaban hablando del ajedrez.

–¿Tú juegas? –le preguntó él.

–Sí, pero seguro que no tan bien como tú.

–Yo no he dicho que sea tan bueno.

–Lo has dado a entender.

–Tendremos que comprobarlo.

–Seguro que me ganarías –afirmó ella, pero la idea de jugar al ajedrez con él, de hacer cualquier cosa con él, le levantaba el ánimo.

Estaban demostrando que podían ser amigos. Pero ella quería más.

–¿Has acabado? –le preguntó él–. Voy a hablar con el personal para lo del buceo.

Alyse lo vio alejarse mientras se terminaba el café. A pesar de sus fantasías seguía deseando que fueran una pareja normal, que aquella fuese una luna de miel normal, que Leo hiciera las cosas con gusto y no con resignación ni por deber, que pasaran la noche abrazados y dándose placer mutuamente, no separados y rígidos como dos cadáveres en la morgue.

Media hora más tarde se habían puesto los bañadores bajo la ropa y caminaban hacia el catamarán varado en la arena.

—¿Vamos a ir en eso? —preguntó Alyse, deteniéndose delante de la embarcación.

—Pensé que lo pasaríamos mejor si nos alejamos un poco de la costa —la miró con el ceño fruncido—. ¿Hay algún problema? Sé que algunas personas tienen miedo de salir a mar abierto.

Su consideración la conmovió, por tardía que fuera. Para Leo era condenadamente fácil afectarla y enamorarla.

—No, no pasa nada. Me encanta navegar.

Zarparon y Alyse se tumbó en la cubierta mientras Leo guiaba hábilmente el catamarán. Echó la cabeza hacia atrás para que el sol le bañara el rostro y sintió que empezaba a relajarse. Se había pasado tanto tiempo en tensión que era maravilloso soltar los agarrotados músculos.

Cuando perdieron de vista la costa, rodeados por un mar resplandeciente, Leo se unió a ella.

—Parece que estás disfrutando del paseo.

Ella se protegió del sol con una mano y le sonrió.

—Y que lo digas. Es estupendo alejarse de todo.

Él se sentó junto a ella y estiró las piernas.

—El acoso de la prensa ha sido agotador en estos últimos meses.

—Cierto. Los periodistas escarbando no solo en busca de mis trapos sucios, sino también de los de mis padres y mis amigos.

—Lo siento.

—Yo misma me lo busqué al aceptar el acuerdo, ¿no?

—Eso no lo convierte en algo agradable.

—No, pero tú llevas soportándolo toda tu vida.

Él entornó los ojos, pero Alyse no supo si lo hacía por el sol o por lo que había dicho ella.

—Sí —afirmó, inexpresivo, mientras se ponía en pie—. Ya nos hemos alejado bastante. Pronto echaremos el ancla.

Unos minutos después, el catamarán se mecía suavemente entre las olas mientras Leo dejaba el equipo de buceo en cubierta. Se quitó la camiseta y los pantalones cortos y lo mismo hizo Alyse, consciente una vez más del minúsculo bikini que llevaba. No había encontrado ni un solo bañador discreto en su equipaje.

–Tus trajes de baño son realmente atrevidos.

Alyse sintió que se ponía roja como un tomate, no solo la cara, sino todo el cuerpo.

–Lo siento. No los elegí yo.

–No tienes por qué sentirlo. Me gustan –le tendió un par de aletas y se calzó las suyas–. ¿Cómo es eso de que no los elegiste tú?

–Toda mi ropa la eligieron los estilistas.

–¿Sin que tú las vieras antes ni dieras tu aprobación?

Alyse se encogió de hombros.

–Supongo que podría haberlo exigido, pero... –se calló. No quería reconocer lo acobardada que se había quedado ante el ejército de estilistas de la reina Sofía, quienes parecían saber mucho más que ella y a los que obviamente les importaba un bledo lo que ella pensara.

Con dieciocho años, sobrecogida por todo lo que la rodeaba, no había tenido el valor suficiente para contradecir a nadie, ni siquiera para sugerir su opinión personal. Y a medida que pasaban los años le resultaba más y más difícil nadar contra corriente.

–No sabía que tu opinión contara tan poco en esos temas –comentó él–. Supongo que mi madre puede intimidar bastante.

–Por decirlo de un modo amable –respondió ella en tono alegre, pero Leo se limitó a fruncir el ceño.

–Eras muy joven cuando nos comprometimos.

Alyse se tensó, sin saber lo que Leo estaba insinuando.

–Dieciocho años.

–Muy joven. Y protegida de todo y de todos –frunció
aún más el ceño y sacudió la cabeza–. Lo recuerdo muy
bien, Alyse. Sé que mis padres pueden ser muy... per-
suasivos. Y me imagino cómo te debiste de sentir, atra-
pada en ese torbellino mediático imposible de controlar.

–Admito que me sentía abrumada, pero sabía lo que
estaba haciendo –más o menos–. Tal vez solo tuviera
dieciocho años, pero sabía lo que quería.

–Aun así... –empezó él, y ella pensó en lo fácil que
sería hacerle creer que la habían arrastrado precipitada-
mente a aquel matrimonio. Algo de verdad había en ello.
El acoso de los medios había sido verdaderamente frenético, pero cuando consideraba la posibilidad de romper
el compromiso sabía que no tenía la fuerza necesaria para
enfrentarse a la monarquía, a la prensa y a un pueblo que
la adoraba.

Pero no era toda la verdad, y por mucho que aquella
razón pudiera satisfacer a Leo, no estaba dispuesta a seguir mintiendo.

Claro que tampoco iba a confesarle el verdadero motivo... que estaba enamorada de él y que seguiría están-
dolo.

Se ajustó las gafas de bucear y apoyó las manos en
las caderas.

–¿Qué aspecto tengo? No creo que nadie con aletas
pueda ser tomada en serio.

Él sonrió y Alyse sintió una oleada de alivio.

–Supongo que no, pero son muy útiles. ¿Preparada?

Ella asintió, y segundos después los dos se disponían
a meterse en el agua. Leo le puso las manos en la cintura
para sujetarla, y el simple roce en la piel desnuda le pro-
vocó un fuerte y doloroso anhelo. Quería volverse hacia
él, quitarse las gafas y las aletas y olvidarse de todo salvo
de aquel deseo que llevaba años creciendo en su interior.
Quería que Leo fuera su amante además de su amigo.

Entonces él la soltó. Alyse cayó al agua y se alejó de la embarcación moviendo con fuerza las piernas, seguida de cerca por Leo.

Metió la cara en el agua y el mundo marino se abrió ante ella. El fondo de coral se extendía en todas las direcciones, con peces de todos los colores y tamaños nadando entre los arrecifes: bancos de peces amarillos y negros, un gran pez azul nadando en solitario y otro que parecía cambiar de color al moverse. Al cabo de unos minutos estaba tan abrumada por el espectáculo natural que tuvo que sacar la cabeza del agua.

Leo hizo lo mismo y se quitó las gafas para mirarla con preocupación.

—¿Todo bien?

—Increíble —dijo ella—. Nunca había visto tantos peces juntos. Son todos preciosos.

—Este sitio es el mejor de todo el Caribe para hacer buceo.

—Hablas como un guía turístico —bromeó ella.

—Simplemente me gusta investigar. ¿Quieres seguir?

—Claro que sí.

Siguieron nadando durante una hora, codo con codo, aleteando sincronizadamente. Leo la agarró de la mano y tiró de ella para hacerle ver un pulpo semiescondido en una cueva de coral. Los dos se sonrieron el uno al otro, y los ojos de Leo destellaron tras la máscara.

Finalmente, cansados y hambrientos, volvieron al catamarán.

—Nos han preparado el almuerzo —le dijo Leo—. Tienen que haberlo dejado por aquí.

Alyse se sentó para secarse al sol mientras Leo sacaba una cesta de un compartimiento.

—¿Champán y fresas? —preguntó ella, arqueando las cejas—. Qué romántico.

—¿Esperabas otra cosa?

–¿Nunca te cansas de fingir?

Leo estaba descorchando la botella de champán. Se detuvo un momento y luego retiró rápidamente el corcho.

–Claro que sí. Igual que tú, me imagino.

–¿Por qué accediste a hacerlo? ¿De verdad lo hiciste solo por el bien de la monarquía?

Él le lanzó una mirada inescrutable.

–¿No te parece razón suficiente?

–Me parece un sacrificio enorme.

–No más del que tú estabas dispuesta a hacer.

Se estaban adentrando en un terreno escabroso. Alyse no quería que volviera a preguntarle por qué había aceptado el compromiso. No quería tener que responder.

–¿Tanto te importa la monarquía?

–Desde luego que sí. Para mí lo es todo.

«Todo». Si eso era cierto, no quedaría sitio para nada más.

–Supongo que has estado preparándote para ser rey desde que naciste.

Leo no respondió enseguida, y Alyse volvió a sentir cómo tensaba las manos en torno al cuello de la botella.

–Más o menos –dijo mientras llenaba las copas de champán.

Observándolo, Alyse tuvo el presentimiento de que le estaba ocultando algo. Algo importante. Quizá él también tenía secretos... al igual que ella.

–¿Otro brindis? –le propuso cuando Leo le ofreció una copa.

–Últimamente hemos hecho muchos brindis.

–Y hemos tomado mucho champán.

–La gente no tiene imaginación en lo que se refiere al romanticismo –comentó él con ironía, observándola por encima del borde de la copa–. ¿Qué tal si brindamos por la amistad?

A Alyse le dio un vuelco el corazón.

–Entonces, ¿te estás haciendo a la idea?

–Un poco.

–En ese caso... por la amistad –brindaron y sus miradas se encontraron por encima de las copas–. ¿Qué hay de comer además de fresas?

–Muchas cosas –Leo llenó un plato de exquisitas viandas–. No te quedarás con hambre, te lo aseguro.

–Seguro que no –murmuró ella. Pero sí que se quedaría con hambre... un apetito carnal. Sabía que él la deseaba, lo había sentido cuando Leo la apretó contra su cuerpo para besarla, pero aún no tenía el valor suficiente para seguir sus impulsos.

Entre los dos dieron buena cuenta de la comida, hasta que solo quedaron las fresas y el champán.

–Solo hay un modo de tomárselas –dijo Leo. Mojó una fresa en la copa de champán y se la puso a Alyse en los labios.

A Alyse se le aceleró el pulso y ahogó un gemido mientras abría la boca para morder la fruta empapada de champán. El sabor que se propagó por su lengua era dulce y ácido, pero mucho más embriagador que el champán era el deseo que ardía en los ojos de Leo... y la fuerte reacción de su cuerpo.

El jugo de fresa le chorreaba por la barbilla, y la expresión de Leo se hizo más ardiente cuando se lo atrapó con la punta del pulgar y luego procedió a lamerse el dedo.

Alyse se estremeció y, envalentonada por el deseo, agarró una fresa y la sumergió en su copa de champán. Leo siguió con los ojos entornados sus movimientos, vaciló un breve instante y abrió la boca.

Con dedos temblorosos, Alyse le puso la fresa en los labios. El jugo le resbaló por los dedos cuando él mordió sin apartar la ardiente mirada de la suya. Volvió a estremecerse, invadida por un deseo abrasador.

Entonces él giró la cabeza, le rozó los dedos con los labios y con la lengua le lamió el jugo de la muñeca.

Alyse ahogó un gemido de asombro y deleite.

—Leo...

Un segundo después, él estaba apartando los restos del picnic, derramando el champán y desparramando las fresas, y, por fin, agarrándola a ella.

La aferró con fuerza por los hombros y pegó la boca a la suya, impregnándola con el sabor de la fruta y el champán. Le introdujo la lengua entre los labios para saborearla y explorarla ávidamente, colmándola de un placer enloquecedor. Alyse le puso las manos en los hombros y extendió las palmas sobre la piel, desnuda y ardiente.

La boca de Leo se desplazó hacia la mandíbula y el cuello mientras con la mano le agarraba el pecho a través de la fina y mojada tela del bikini. Alyse gimió con fuerza y Leo se retiró.

—Lo siento —se disculpó, apartándole el pelo de la cara—. Me estoy comportando como un adolescente excitado, y tú te mereces algo mejor.

Ella parpadeó unas cuantas veces, aturdida por las sensaciones que la invadían, y Leo esbozó un atisbo de sonrisa.

—No quiero que tu primera vez sea un revolcón en la cubierta de un barco. No soy tan insensible, Alyse.

Alyse volvió a parpadear. Las palabras de Leo resonaban dolorosamente en su interior. Su primera vez... La primera vez de ella, no de ellos.

Leo pensaba que era virgen.

Capítulo 7

LEO vio las emociones que se reflejaban en el rostro de Alyse como un dramático juego de luces y sombras, y también sintió que se tensaba y retrocedía, aunque no se había movido.

–¿Qué ocurre? –quiso saber.

Ella sacudió ligeramente la cabeza.

–Nada.

Él no la creyó. Le agarró la barbilla, delicadamente pero con firmeza, y la obligó a mirarlo.

–Dímelo.

Ella le sostuvo la mirada un instante.

–No es momento para hablar de ello –dijo con una sonrisa forzada que no consiguió engañar a Leo.

La soltó y se echó hacia atrás para observarla atentamente. Ella seguía sin mirarlo, con un mechón rizado cayéndole sobre la pálida mejilla.

–¿Estás nerviosa por lo que va a pasar entre nosotros?

Ella lo miró con un brillo de humor en los ojos.

–Haces que esto parezca un melodrama, Leo. Normalmente eres más directo.

Leo esbozó una media sonrisa.

–Me gusta serlo. Te deseo, Alyse –la miró fijamente, sin ocultar el deseo que le hervía en las venas–. Te deseo con locura. Quiero tocarte, besarte y estar dentro de ti. Y no quiero esperar mucho.

Los ojos de Alyse respondieron con un destello de

plata fundida, pero su boca se torció en una temblorosa mueca y volvió a apartar la mirada.

¿Qué demonios le ocurría?

—Eso sí que es ser directo.

—Puedo serlo más aún... Creo que tú me deseas tanto como yo a ti –le colocó con suavidad el mechón detrás de la oreja, prolongando el contacto con la piel–. ¿Te atreverás a negarlo?

—No –susurró ella, pero sin mirarlo a los ojos.

La frustración se apoderó de él. No entendía lo que estaba sucediendo. Una vez más le agarró la barbilla y le hizo girar el rostro. Ella lo miró con los ojos muy abiertos. Dos estanques grises en los que Leo pensó que podría sumergirse y perderse por completo.

—Quiero hacer el amor contigo –declaró él. Las palabras surgían del fondo de un pozo de deseo e incluso de emoción–. Pero no aquí, en esta cubierta dura e incómoda. Tenemos una cama estupenda y una playa para nosotros solos, y quiero aprovecharlas como es debido.

Ella abrió los ojos como platos, y él se dio cuenta de lo que acababa de decir.

Había usado las palabras «hacer el amor», una expresión que jamás había salido de sus labios. No creía en ellas ni le gustaban. Era imposible hacer el amor si este no era más que una simple reacción hormonal.

Pero aun así lo había dicho, y a Alyse no se le había pasado por alto. ¿Qué pensaría ella que estaba sucediendo entre los dos? ¿Qué estaba sucediendo entre ellos?

Se le heló la sangre en las venas. ¿Por qué demonios lo había dicho? Eso era lo que ocurría cuando uno se permitía sentir algo. Maldita fuera la amistad.

Le soltó la barbilla y se levantó, acabando con la magia y la complicidad que se había creado entre ellos. No volvería a encontrarse en aquella situación. De ninguna manera.

–Deberíamos regresar.

Mientras levaba anclas, de espaldas a Alyse, se preguntó cómo iba a conseguir que su relación, ni siquiera le gustaba llamarla así, volviera a su curso seguro e impersonal. Pero tendría que hacerlo, costase lo que costase. Ya había tenido bastante de aquella... amistad.

Sentada en cubierta, Alyse observaba a Leo mientras él ponía rumbo a la cala privada. Tenía todos los músculos en tensión, pero ella no sabía si se debía a su retraimiento emocional o al de él. De lo que no había duda era del destello de pánico que había visto en sus ojos al pronunciar las reveladoras palabras: «hacer el amor».

No habría amor en su unión física; tan solo una atracción física y sexual. Entonces, ¿por qué lo había dicho? ¿Sería solo una forma de hablar? ¿O tal vez, por un instante, había sentido algo más?

Se reprendió a sí misma por ser tan ingenua. ¿Cómo podía pensar que un pequeño desliz pudiera significar algo? Siempre había tendido a ver en una sonrisa o en una mirada más de lo que realmente había, pero aunque no quería cometer el mismo error no podía evitar imaginarse cosas y albergar esperanzas.

Por desgracia, esa misma esperanza le hacía tener miedo. ¿Qué pensaría Leo cuando le dijera que no era virgen?

Se giró hacia el mar y se abrazó las rodillas contra el pecho a pesar del calor. El frío que sentía era interno, provocado por un secreto largamente oculto.

Había enterrado en lo más profundo de su mente el recuerdo de una noche. Una única y traumática noche que constituía toda su experiencia sexual. Un terrible error que había intentado ocultar desde entonces.

Las princesas, las futuras reinas, debían ser puras e

inmaculadas, y ella no lo era. Y aunque estaban en el siglo XXI, sería un fallo imperdonable para alguien como la reina Sofía, y seguramente para el rey Alessandro también. A Alyse no le importaba lo que pudieran pensar de ella, pero sí se preocupaba por la opinión de Leo.

¿Cuál sería su reacción? ¿Se sentiría decepcionado al descubrir que no sería el primer hombre para ella? No era posible que él también fuese virgen y se hubiera mantenido célibe durante su largo compromiso, aunque ciertamente había sido muy discreto.

La ansiedad le atenazó las entrañas. No quería darle razones a Leo para que se enfadara o se apartara de ella, pero sabía que debía contárselo... antes de aquella noche.

No volvieron a hablar hasta que estuvieron de vuelta en la playa, y solo para comentar algo de la cena. El sol iniciaba su lento descenso hacia el horizonte.

Alyse fue a ducharse al lujoso cuarto de baño de mármol y grifos dorados que estaba enclavado en la roca, como si fuera una parte natural de la cala. Se quitó los restos de sal y crema solar y se preguntó qué le depararían las próximas horas. Algo había empezado a crecer entre Leo y ella, la amistad y tal vez algo más, hasta que él tuvo aquel momento de pánico.

¿Podrían recuperar la camaradería y la pasión que habían compartido aquella tarde?

¿Y si lo echaba todo a perder con su confesión?

«No importa», se dijo a sí misma. Leo tal vez fuera un príncipe, pero era un hombre moderno.

Aun así, estaba invadida por la duda y el miedo.

El personal del hotel estaba preparando otra cena romántica en la playa cuando Leo salió de la ducha, con el pelo húmedo y una camisa azul que resaltaba el color de sus ojos. Alyse se había puesto otro de los vestidos elegidos por los estilistas, de un bonito color lavanda como los últimos rayos de sol. Tenía un escote provocativamente bajo y se ceñía a la cintura, ensanchándose en las piernas. Alyse se había dejado el pelo suelto e iba descalza y sin maquillaje. No tenía sentido pintarse las pestañas o los labios cuando estaban los dos solos en una playa, donde la brisa salada desluciría inevitablemente su aspecto.

Leo pareció estar de acuerdo con ella, a juzgar por el breve asentimiento con la cabeza que hizo al verla. El deseo seguía siendo innegable entre ambos, pero la actitud de Leo volvía a ser fría y reservada. La agarró de la mano sin decir nada y la condujo a la mesa dispuesta en la arena.

–¿Qué haremos mañana? –preguntó ella animadamente cuando se sentaron y empezaron con los entremeses, tajadas de suculento melón con *carpaccio*. No iba a consentir que Leo volviera a su silencio habitual–. ¿Salimos a dar un paseo?

Leo apretó los labios mientras cortaba el melón.

–Mañana tengo que trabajar.

–¿Trabajar? –le costó un enorme esfuerzo sobreponerse a la decepción y no perder la sonrisa–. Es tu luna de miel, Leo.

–Tengo cosas que hacer, Alyse.

–¿Y qué dirá el personal cuando vea que ignoras a tu novia el segundo día de nuestras vacaciones? –no quería sacar el tema de las apariencias, pero necesitaba hablar de cómo su relación empezaba, o al menos así le había parecido aquella tarde, a ser real.

–Seguro que lo entenderán. Estar enamorados no significa estar pegados en todo momento. La prueba está en los últimos seis años. Hemos pasado casi todo ese tiempo separados y nadie dudaba de que estuviéramos locamente enamorados.

No era del todo cierto. Los medios de comunicación habían encumbrado el romance, pero luego habían intentado sembrar la división con fotos incriminadoras y páginas y páginas de rumores.

¿Qué hay entre Leo y Liana, la hija del duque?

El recuerdo seguía doliéndole.

—Lo sé —dijo cuando estuvo segura de poder hablar sin que le temblara la voz—. Pero es nuestra luna de miel.

—Y tú sabes muy bien qué clase de luna de miel es.

—¿Qué quieres decir?

—Estamos fingiendo —le recordó él—. Y así será siempre.

—No lo he olvidado.

El rostro de Leo era una máscara impenetrable, sin el menor rastro de humor y cordialidad.

Habían pasado un día maravilloso y lleno de esperanza, y de un momento a otro todo se había esfumado. ¿Por qué? ¿Solo porque Leo había pronunciado una palabra prohibida? ¿Cómo era posible que un hombre tan seguro de sí mismo tuviera miedo de algo tan insignificante?

Por otro lado, el miedo siempre era mejor que la indiferencia. Si a Leo lo asustaba la amistad y la creciente intimidad que había empezado a surgir entre ellos, entonces aún había esperanza.

—Supongo que podré divertirme yo sola por un día —dijo en tono despreocupado, y vio que Leo se sorprendía por lo rápidamente que había capitulado—. ¿Qué es eso tan importante que tienes que hacer? —continuó, y casi sonrió al ver que la sorpresa de Leo se transformaba en incomodidad—. ¿Estás trabajando en esa propuesta para llevar Internet a todos los rincones del país?

—Un poco de papeleo —respondió él de mala gana, pero Alyse no iba a dejar que se escabullera tan fácilmente.

–¿Presentarás la propuesta al consejo de ministros? Es así como se hace en una monarquía constitucional, ¿no?

–Sí. Espero poder hacerlo, aunque no es una prioridad para mi padre.

–¿Por qué no?

–Mi padre siempre se ha ocupado más de disfrutar de los privilegios de la realeza que de cumplir con sus responsabilidades.

–Pero tú eres distinto.

Un destello iluminó brevemente los ojos de Leo.

–Eso me gusta creer.

–Yo creo que sí lo eres –le dijo en tono suave, complacida por la sonrisa de asombro que le arrancó a Leo, antes de que él apartara la mirada–. Espero estar a tu altura como reina. Quiero que estés orgulloso de mí, Leo.

–Ya lo estoy. El hecho de que encandilaras al pueblo hace seis años ha supuesto un enorme beneficio para el país. Tú más que nadie debes de saber el poder que tuvo aquella foto.

Ella asintió lentamente.

–Sí, pero quiero hacer algo más que sonreír y estrechar manos.

–Es natural, pero no subestimes las sonrisas y los apretones de manos. Es más de lo que mis padres hicieron.

–¿En serio?

–Una de las razones por las que estaban tan interesados en formalizar nuestro compromiso es por el daño casi irreparable que le han causado a la monarquía.

–¿Cómo?

–Escándalos públicos, despilfarro y una indiferencia absoluta hacia su pueblo. Es difícil saber qué fue lo más dañino.

Y él se había criado en aquel ambiente.

–No parece que pasaras la infancia en un entorno ideal.

–No lo hice. Con seis años me mandaron a un internado.

–¿Con seis años?

–No me importó –un camarero había aparecido en el borde de la playa, y Leo le hizo un gesto para que se acercara. Seguramente ya había hablado bastante de temas personales, pero al menos había compartido algo.

Leo no tenía intención de revelar tanto sobre su vida o su familia, pero Alyse tenía una inquietante habilidad para sortear las defensas que llevaban protegiéndolo toda su vida. Siempre lo había preferido así, y, sin embargo, descubrió que le gustaban, o casi, aquellos momentos en los que bajaba inadvertidamente la guardia.

¿Cómo iba a conseguir que la relación volviera al curso inofensivo e impersonal que siempre había deseado?

La frustración lo abrasaba por dentro. No quería más amistad ni conversación. De Alyse solo quería una cosa, y la tendría aquella misma noche.

El resto de la cena se la pasó respondiendo cortés pero escuetamente a los intentos de Alyse por entablar un diálogo. La determinación que demostraba, no obstante, era digna de admiración. No estaba dispuesta a rendirse.

Y tampoco él.

La luna proyectaba sus rayos plateados sobre la tranquila superficie del mar. El camarero les sirvió un licor con pastelitos de mazapán y los dejó solos. Todo a su alrededor estaba en silencio, salvo por el suave sonido de las olas lamiendo la orilla. A la luz de la luna, Alyse parecía casi etérea, con el pelo cayéndole sobre los hombros y la serena expresión de sus ojos grises.

El deseo lo acució a tomar un sorbo de licor, mezclándose el calor del líquido con el que ya ardía en su estómago. La deseaba, como le había dicho aquella tarde, y sería suya aquella noche.

Pero no sería hacer el amor.

Permanecieron en silencio unos minutos, hasta que Leo decidió que ya era suficiente y dejó el vaso en la mesa.

—Se está haciendo tarde —dijo, y Alyse tragó saliva de modo audible. Leo sonrió y se levantó, ofreciéndole una mano.

Ella también se levantó y la aceptó. Sus dedos parecían sorprendentemente frágiles en la mano de Leo, quien la apartó de la mesa en dirección a sus aposentos.

Mientras ellos cenaban, el personal había preparado la cabaña para la noche. La sábana estaba vuelta y había velas encendidas a ambos lados de la cama, proyectando sombras vacilantes en el suelo de madera.

Era el escenario idóneo para el romanticismo y el amor, pero Leo apartó rápidamente aquel pensamiento. Se detuvo delante de la cama y giró a Alyse hacia él, sintiendo el calor y la suavidad de sus hombros.

Ella se estremeció, tal vez de emoción o quizá de miedo. O muy probablemente de ambas cosas. Había que proceder despacio, por muy acuciante que fuese el deseo.

Subió las manos hasta su cara y le acarició la mandíbula.

—No tengas miedo —la tranquilizó. Quería que se sintiera segura, aunque él siguiera rehuyendo los sentimientos.

—No lo tengo —le respondió ella, pero su voz decía lo contrario.

Él la besó ligeramente en el mentón, antes de moverse hacia su boca y recorrerle los labios con la lengua, animándola a separarlos.

Y así lo hizo ella. Pegó la boca a la suya y lo rodeó
con los brazos para apretarse contra él. A Leo le en-
cantó sentirla pegada a su erección e intensificó la pasión del beso. Un deseo salvaje lo hacía estremecerse,
pero se obligó a ir con calma y delicadeza mientras le
apartaba los tirantes del vestido de los hombros. Alyse
permaneció inmóvil, mirándolo fijamente, mientras él
le bajaba la cremallera y el vestido caía al suelo, que-
dándose en ropa interior: un sensual conjunto blanco
que apenas le cubría nada y cuyo único propósito era
avivar las llamas.

Leo la recorrió lentamente con la mirada, deleitándose con su belleza. Le pasó una mano por el brazo y
sintió que temblaba.

–¿Tienes frío?

–No.

Leo necesitaba tocarla más, mucho más, en todas
partes. Deslizó la mano desde el codo hasta el pecho y
le acarició el pezón con el pulgar. Alyse ahogó un débil
gemido y él sonrió triunfalmente.

–Sé que esto es nuevo para ti –murmuró, y vio una
extraña angustia en sus ojos.

–Leo... –no dijo nada más, y él no quiso perder
tiempo en palabras.

La besó en la frente y luego en la boca, antes de qui-
tarle el sujetador y apretarla contra él. La sensación de
sus pechos aplastados contra la camisa lo volvía loco.

–¿Y tu ropa? –le preguntó ella.

–¿Qué pasa con mi ropa?

–Que la llevas puesta.

Él se rio.

–Supongo que podrías hacer algo al respecto.

Ella empezó a desabotonarle la camisa. Le rozó el pecho desnudo con dedos ligeramente temblorosos, pero
él permaneció quieto hasta que le quitó la camisa y lo

contempló con una mirada llena de ávido deseo carnal. Le pasó las manos por el pecho y luego descendió hacia el abdomen y más abajo, sonriendo pícaramente cuando deslizó los dedos bajo la cintura del pantalón. A Leo se le escapó un gemido ahogado cuando le bajó la cremallera con la otra mano y le rozó la erección.

—Alyse...

—Es lo justo –susurró ella con una risita.

—Yo te enseñaré lo que es justo –respondió él.

La apretó fuertemente contra su torso y la besó con una pasión desatada, haciendo que el autocontrol del que siempre se había enorgullecido saltara por los aires.

Y ella respondió de igual manera. Sus lenguas se entrelazaron en un duelo frenético, sus respiraciones se hicieron laboriosas y jadeantes y la tímida delicadeza con la que se desnudaban se convirtió en una furia salvaje.

Nunca había visto así a Leo. La deseaba y necesitaba tanto que no parecía preocupado por lo que ella sintiera... ni por lo que sintiera él.

Leo la tumbó en la cama. Desde que se levantaron de la mesa había buscado la manera de decirle la verdad, que no era virgen. Él daba por hecho que lo era, por lo que la revelación era mucho más apremiante. Pero no le salían las palabras. Era imposible pensar mientras él la besaba, la desnudaba, la tocaba...

No fue consciente de cómo le quitaba la ropa interior ni de cómo terminaba de desnudarse él. Todo pasó muy rápidamente, aunque ella se sentía como si hubiera esperado aquel momento desde siempre.

Y aun así seguía sin decírselo. Tal vez más tarde, pensó mientras él le besaba los pechos y ella le clavaba las uñas en los hombros.

Más tarde. Se lo diría más tarde.

Sintió la mano de Leo entre los muslos, y se arqueó

involuntariamente en la cama cuando los dedos encontraron la fuente de su calor femenino.

–Eres preciosa –le murmuró él.

–Y tú también –respondió ella con voz entrecortada.
Él se rio e introdujo un dedo, haciendo que los músculos se le tensaran instintivamente.

Una oleada de placer barrió cualquier tentativa de
hablar o pensar. Leo la tocaba con una habilidad y seguridad sorprendentes. Se colocó sobre ella y reem-
plazó los dedos con su erección.

Alyse levantó las caderas con impaciencia. Todo su
ser anhelaba recibirlo en su interior.

–Puede que te duela un poco –le advirtió Leo, y ella
cerró los ojos ante la avalancha de remordimiento.

No podía mentirle, ni siquiera con su silencio.

–No me dolerá, Leo –le dijo con voz ahogada–. No...
no soy virgen.

Sintió que se quedaba inmóvil, suspendido sobre
ella. Un par de centímetros y estaría en su interior. Movió las caderas en un desesperado intento por acercarlo,
pero él no respondió.

Definitivamente, no sabía elegir el momento.

Leo maldijo en voz baja y se retiró.

–Menudo momento para decírmelo.

–No... no sabía cómo decírtelo.

Leo se tumbó boca arriba para mirar al techo. El pecho le oscilaba por el esfuerzo que suponía detenerse
en el peor momento posible.

–Me imagino que no es un grato recuerdo –dijo él al
cabo de unos segundos, con la mirada fija en el techo–.
Debías de ser muy joven.

–No es un buen recuerdo –Alyse respiró hondo. No
soportaba tener que hablar de ello precisamente en aquel
momento, justo cuando los dos se disponían a abando-

narse al placer e incluso a una emoción más profunda–.
Y no era tan joven. Tenía veinte años.

Él giró la cabeza para mirarla.

–¿Veinte?

–Sí... estaba en la universidad.

–¿Te acostaste con alguien en la universidad?

–Sí... ¿tenemos que hablar de esto?

–No –se incorporó y agarró sus calzoncillos.

A Alyse se le formó un nudo de frustración y angustia en la garganta.

–Leo, lo siento. Tendría que habértelo dicho antes,
pero nunca hemos hablado y, francamente, prefería olvidarlo. No es excusa, lo sé –él empezó a abrocharse la
camisa–. ¿Estás enfadado? ¿Te molesta que no sea virgen?

Él soltó una áspera carcajada. Parecía más frío y distante que nunca. Había vuelto a ser el desconocido que
se protegía de ella y de todos.

–¿Crees que estoy enfadado porque no eres virgen?

–Pues... sí, eso creo.

Él sacudió la cabeza con incredulidad.

–Eso sería medir las cosas con un doble rasero,
puesto que yo no soy virgen.

Ella tragó saliva, sorprendida.

–Lo sé, pero para los hombres es distinto, ¿no? Para
una princesa, en cambio...

–Esto no tiene nada que ver con ser una princesa –la
interrumpió él–. Y yo no mido las cosas con doble rasero. Si te parezco furioso, Alyse, no es porque te acostaras con otro, sino por haberlo hecho estando comprometida conmigo.

Sin darle tiempo a asimilar la información, se puso
los pantalones y salió de la cabaña.

Capítulo 8

LEO caminaba a grandes zancadas por la playa, aunque sabía que no había salida. Maldita fuera aquella isla, y Alyse, y él mismo por importarle lo que ella había hecho... y con quién lo había hecho.

No solo se sentía traicionado. Se sentía dolido.

La suya era una reacción absurda, pues lo de Alyse había sucedido años antes y no se podía decir que por aquel entonces hubiera amor entre ellos. ¿Y qué si había amado o se había entregado a otra persona? ¿A quién demonios le importaba?

A él.

Sería normal sentir asombro, e incluso un poco de enojo por la infidelidad cometida, pero ¿por qué le importaba tanto?

Así no. De aquella manera no.

—¿Leo?

Se giró y vio a Alyse en la puerta de la cabaña, ataviada con una bata ligera y la luz de las velas recortando sus esbeltas y sensuales curvas. El recuerdo de su tacto bajo las manos le hizo apartar la mirada.

—No te vayas, por favor —le suplicó ella—. Háblame.

Leo no respondió. No quería hablar con ella. No quería explicarle los sentimientos que ardían en su interior. Ni siquiera quería entender esos sentimientos.

—Por favor, Leo.

Volvió en silencio a la cabaña, dándole la espalda a Alyse y a la tentación que ofrecía con aquella bata. De acuerdo. Hablarían de ello, zanjarían el tema de una vez para siempre y él no volvería a permitir que ella se acercara. Ni como amiga ni como amante. Él se limitaría a utilizar su cuerpo y su popularidad, de modo que su matrimonio fuera lo que siempre había querido que fuese. Nada más.

Alyse estaba de pie junto a la cama. Leo intentó no fijarse en su cintura, en sus pechos, en su vientre, pero el cuerpo le reaccionó dolorosamente. Había estado muy cerca de perderse en aquellas voluptuosas curvas y había estado a punto de olvidar quién era y lo que realmente quería.

–Sé que tendría que habértelo contado –dijo ella en voz baja, jugueteando con el cinturón de la bata–. Pero no quería sacar el tema y echar a perder lo que había entre nosotros...

–No había nada entre nosotros –la interrumpió él con una dureza excesiva.

Alyse lo miró con los ojos muy abiertos.

–No digas eso, por favor.

–Sabía que ocurriría esto –continuó él, implacable–. Un solo día juntos y ya empiezas a construir castillos en el aire. La amistad nunca habría sido bastante para ti.

Alyse hizo una mueca de dolor, pero mantuvo la cabeza bien alta e incluso consiguió esbozar una tímida sonrisa. Su valor conmovió a Leo, quien no quería sentir compasión ni sentir nada.

–Puede que no –admitió ella–. Y es cierto que tiendo a construir castillos en el aire. Lo llevo haciendo desde que te conocí.

Leo se quedó rígido como una estatua.

–¿De qué estás hablando?

Alyse soltó una temblorosa espiración.

–He estado enamorada de ti desde que te conozco, Leo. Desde la fiesta de mi decimoctavo cumpleaños.

Realmente no sabía elegir el momento para ha‹ sus confesiones, pensó Alyse al ver el gesto horroriza‹ de Leo, seguido por una temible expresión de furia.

No debería habérselo dicho, ni en aquel momento nunca. Pero ¿cómo podía seguir ocultando sus ser‹ mientos? ¿Cómo podía hacerle entender el motivo q‹ la había empujado imprudentemente a los brazos ‹ otro hombre si no le expresaba su amor?

–Tú me amas –murmuró él en tono de mofa.

–Sí –aseveró ella con firmeza–. Me enamoré de ti ‹ mi fiesta...

Él arqueó una ceja.

–¿Te enamoraste por cómo bailaba? ¿O de la for‹ en que bebía champán?

–Simplemente me enamoré de ti. No sé explicar ‹ y te aseguro que he intentado explicármelo a mí mis‹ muchas veces.

–Menudo enigma –repuso él sin ocultar su despre‹

Alyse se dio cuenta de que no la creía. Se había ‹ perado una reacción de asombro y también de horr‹ pero no de incredulidad.

–¿Por qué crees que acepté el compromiso?

–No porque me amaras, desde luego.

–No podía imaginarme una vida sin ti –declaró e‹ de golpe–. Sabía que tú no me amabas, pero tenía la ‹ peranza de que, como decía tu padre, los sentimient‹ llegaran con el tiempo. Esa fue la razón por la que acep‹ la farsa... porque tenía esperanza...

–¿Y esa esperanza te llevó a la cama de otro homb‹ Alyse? –preguntó él con voz de hielo–. Porque pue‹ pasar perfectamente sin esa clase de amor, muchas g‹ cias.

–Fue un error –susurró ella–. Un terrible error.

La expresión de Leo se endureció aún más.

–Evidentemente.

Alyse tragó saliva. Odiaba tener que hablar de ello, pero debía aclarar las cosas de una vez por todas para que pudieran seguir avanzando.

—Solo fue una noche, Leo. Una noche espantosa y para olvidar. Nada más.

—¿Así pretendes justificarlo?

Alyse empezó a enfurecerse.

—Para ser alguien que no cree en el doble rasero, hablas como un hipócrita.

—¿Un hipócrita? ¿Por qué lo dices?

—Tú no te has mantenido célibe todos estos años.

La boca de Leo se curvó en una fría sonrisa.

—¿No? —preguntó suavemente.

La pregunta le llegó a Alyse al alma. ¿Sería posible que....?

—Pero... pero... seis años... —balbuceó.

—Sí, sé muy bien que es un tiempo muy largo.

Ella sacudió lentamente la cabeza.

—Nunca me imaginé que... El compromiso no era real...

—Al contrario. Nuestro compromiso siempre ha sido real, y también este matrimonio. Lo que no es real es lo que dices sentir, Alyse. Tú no me amas. Ni siquiera sabes lo que es el amor. ¿Enamoramiento, atracción, deseo...? El amor no es más que eso. Y, en cualquier caso, ni siquiera me conoces. ¿Cómo puedes pensar que me amas?

Ella volvió a menear la cabeza. Aún no podía creerse que Leo hubiera mantenido la castidad durante tanto tiempo. Y por ella.

—Pero las revistas hablaban de tu romance con Liana Aterno.

—¿Y tú les diste crédito? Ya sabes cómo es la prensa del corazón.

—Sí, pero pensé que... tenías alguna aventura. La reina... —se calló y Leo entornó los ojos.

–¿La reina? ¿Qué te dijo mi madre?

–Solo que no debía esperar que me fueras fiel.

–¿Solo?

Alyse sonrió débilmente.

–Me echó el típico discurso sobre las necesidades de los hombres y me dijo que yo debía hacerme la tonta.

–Mi madre se basaba en su experiencia con mi padre –le explicó Leo–. Su matrimonio siempre se ha caracterizado por las mentiras y las peleas. Yo jamás habría aceptado consejo de ella.

–Pero yo solo tenía dieciocho años y no sabía nada.

Leo asintió, pero su actitud seguía siendo fría y dura.

–Lo que está claro es que usaste el consejo de mi madre para justificar tu comportamiento.

–No fue así, Leo.

–No quiero oírlo.

–Ni yo quiero decírtelo, pero tienes que entenderlo –las palabras se le atropellaban en su desesperado intento por explicárselo todo–. Solo fue una noche con un amigo de la universidad. Yo había bebido.

–De verdad que no necesito conocer los detalles.

–Lo sé, pero solo quiero que lo entiendas. Había visto una foto tuya con Liana en una revista. El artículo decía que ibas a dejarme por ella.

–¿Y no se te ocurrió preguntarme a mí?

–¡Nunca te había preguntado nada! Nunca hablábamos. Ni siquiera tenía tu móvil ni tu correo electrónico.

–Podrías haberte puesto en contacto conmigo si hubieras querido –replicó él con frialdad–. De todas formas, ya no importa.

–¿No?

–No. Es cierto que hemos fingido estar enamorados, Alyse, pero no fingíamos que íbamos a casarnos. Los anillos eran la prueba.

—Lo sé —susurró ella, sintiendo el escozor de las lágrimas—. Ojalá no lo hubiera hecho.

—Como he dicho, ya no importa. Aunque espero que me seas fiel de ahora en adelante. Del pasado podemos olvidarnos. Gracias a Dios, la prensa no lo descubrió —se apartó de ella para volver a la cama.

Alyse nunca se había sentido tan lejos de él... y todo era por su culpa.

—Lo siento.

—Olvídalo. Vamos a la cama —se metió bajo la sábana y se giró de espaldas a ella, dando a entender claramente que no consumarían el matrimonio aquella noche.

Alyse tragó saliva y se acostó junto a él, sintiéndose terriblemente desdichada. Pensó en la fatídica noche de cuatro años antes y cerró los ojos por la vergüenza. Había sido una estupidez, un momento de debilidad que había intentado olvidar desde entonces.

Todo empezó cuando vio la foto de Leo riéndose con Liana, una rubia espectacular, como nunca se había reído con ella. Los celos se le clavaron en el corazón y le desgarraron el alma. Solo tenía veinte años y llevaba dos comprometida con Leo, y aunque únicamente lo había visto unas pocas veces creía firmemente que lo amaba. Pero al ver aquella foto supo que él jamás la amaría ni se reiría con ella.

Fue lo más cerca que estuvo de romper el compromiso, pero incluso con el corazón roto supo que no podía hacerlo. No tenía el valor ni la fuerza para acabar la historia de amor que había encandilado al mundo.

Sin embargo, la desesperación al reconocer que Leo nunca la amaría ni la apreciaría la llevó a salir con un amigo, Matt, y a beber más de la cuenta.

No recordaba bien los detalles. Fueron a su casa y empezaron a hablar. Ella había bebido demasiado y dijo algo sobre que Leo no la amaba. Matt se echó a reír y dijo que eso era imposible, que todo el mundo sabía lo enamorados que estaban el uno del otro. Alyse no insistió, pero miró otra vez la foto de Leo con Liana... había comprado la revista para torturarse, y sintió que algo se rompía en su interior.

Sin pensar en lo que hacía, se abalanzó sobre Matt y comenzó a besarlo torpemente. Seguía sin saber qué la había llevado a hacerlo; tal vez un desesperado anhelo por que alguien la deseara.

La vehemente respuesta de Matt la asustó y también la satisfizo, y de alguna manera todo se acabó descontrolando. En su estado de embriaguez no podía ni quería parar.

A la mañana siguiente, Matt no sabía qué decirle y ella estaba horrorizada. Se sentía indigna, avergonzada y sucia, pero también desafiante al imaginarse a Leo con la encantadora Liana.

¿Y si Leo tenía razón al creer que aquella indiscreción demostraba que ella vivía en un cuento de hadas? La duda se introdujo en su corazón y empezó a hacer mella en su seguridad.

No podía permanecer quieta en la cama, de modo que se levantó y salió a la playa. La arena estaba fría y suave, y las estrellas salpicaban el cielo nocturno. El aire era más fresco y a Alyse se le puso la piel de gallina en los brazos. Se sentó en la arena, tan abatida como cuando creía estar desesperadamente enamorada de Leo. Pero en aquella ocasión su tristeza no se debía al amor no correspondido, sino a la inquietante posibilidad de que no era amor lo que sentía por Leo.

¿De verdad había sido tan ingenua e ilusa como para convencerse a sí misma de que amaba a un hombre al que apenas conocía? ¿Y para aferrarse a esa creencia durante seis años?

Apoyó la barbilla en las rodillas y pensó en la noche que conoció a Leo, cuando fue a su fiesta de cumpleaños. Su madre estaba tan emocionada como ella, le contó que Sofia y ella eran amigas de la infancia y le enumeró las virtudes del apuesto príncipe. También le recordó, naturalmente, cómo se había enamorado de Henri, el padre de Alyse, en una fiesta como aquella.

Lo mismo que Alyse creyó que le había ocurrido con Leo.

¿Había buscado lo mismo que tenían sus padres? ¿Una historia idílica para ella? ¿Por eso se había convencido de que amaba a Leo, creyendo que él podía darle lo que tanto anhelaba?

Todos parecían creer que era posible, y en su inocencia e inmadurez se había dejado arrastrar por una atracción idealizada hasta convertirla en un sentimiento mucho más profundo. Y, cuando se convirtió en el centro de toda la atención mediática, no tuvo la fuerza ni el valor para dejar de creer en aquella fantasía.

Gimió desconsoladamente y hundió la cara entre las rodillas. Se resistía a aceptar que todo había sido una ilusión. No quería renunciar tan fácilmente a lo que creía sentir por Leo, por más que su rechazo la hubiera herido en el alma.

«Ni siquiera me conoces».

Era cierto, no lo conocía. Pero eso no significaba que no pudiera conocerlo y amarlo de verdad. Al Leo auténtico, al hombre que se escondía tras la máscara de hielo. Estaba allí, ella lo había vislumbrado varias veces en los últimos años, y muchas veces en los últimos días. Esos atisbos le habían llegado al corazón.

Estaba allí... y más lejos que nunca de ella.

Suspiró y se levantó para regresar a la cabaña. No sabía qué le deparaba el mañana. No sabía cómo se comportaría Leo. No sabía cómo podrían recuperar la amistad que habían empezado a compartir.

Y en cuanto al amor...

Sonrió amargamente. Ni siquiera se atrevía a pensar en eso.

Al despertarse y abrir los ojos a la mañana siguiente, Leo no estaba en la cabaña.

Se vistió rápidamente y metió en una maleta el vestido lavanda que Leo le había quitado la noche anterior. Si todo hubiera sido diferente y ella se hubiese despertado en sus brazos...

–Buenos días.

Le dio un vuelco el corazón al verlo entrar en la cabaña, frío e impasible.

–Buenos días –respondió, apartando la mirada para no recordar, a pesar de la gélida expresión de Leo, el placer que le habían dado sus labios y sus manos.

–¿Has dormido bien?

–No.

–Qué lástima. El desayuno está servido en el pabellón. Yo ya he desayunado –se dio la vuelta y Alyse observó la rigidez de sus anchos hombros.

–¿Tú solo? Ya sabes que eso puede dar lugar a habladurías –odiaba utilizar aquella excusa. No le importaba lo que dijeran los demás. Solo lo que pensara Leo. Lo que sintiera... o no sintiera.

–Les he dicho que estabas agotada después de una noche movida, y todas las camareras se han puesto coloradas.

–No les has dicho eso.

–Claro que no –se giró hacia ella y la miró severamente–. No me gusta mentirle a nadie, ni siquiera al servicio. Pero de todos modos se lo han imaginado, así que no temas. Nuestra farsa está a salvo.

–Leo, quiero hablar contigo...

–Y yo contigo. Pero antes deberías desayunar –agarró el periódico que había recogido en el restaurante y se sentó en un sillón a leer, ignorando a Alyse por completo.

Sin decir más, ella salió de la cabaña.

Leo miraba sin ver el periódico que tenía ante sus ojos, sorprendido por la cantidad de ira que hervía en sus venas. ¿Por qué demonios estaba tan furioso? No recordaba haber tenido una reacción semejante en su vida.

Cuando Alyse volviera de desayunar, le diría exactamente lo que tenía pensado: regresar a Maldinia y al acuerdo original. Su matrimonio sería exclusivamente un asunto de estado y nada más. Había sido un estúpido al dejar que Alyse albergara ideas de amistad o de afecto. No tenían sentido y solo servían para crear esperanzas absurdas.

A Alyse... y a él mismo.

Era lo que más lo enfurecía, haber disfrutado del tiempo que pasaban juntos. Las bromas, el buceo, la cena... y, por supuesto, los besos. Al recordar lo cerca que había estado de penetrarla se removió incómodamente en el sillón con un insistente dolor en la ingle.

Seguía deseándola, y la tendría, tal vez aquella noche. No había por qué esperar más. No había necesidad de preocuparse por lo que ella sintiera o temiera. Regresarían a la senda segura y tranquila que había pensado que se abría ante ellos cuando pronunció los malditos votos matrimoniales.

«Y prometo amarte y respetarte, de hoy en adelante...».

Desde aquel día en adelante sabría exactamente a lo que atenerse. Y también Alyse.

Ella volvió media hora más tarde y Leo se obligó a no fijarse en sus ojeras o en la triste mueca de sus labios. Llevaba una camiseta verde y una falda vaporosa. La mirada de Leo se detuvo involuntariamente en sus pechos y le costó un enorme esfuerzo apartarla.

–Leo, quería...

–Déjame decirte lo que tengo que decir –la interrumpió él. No quería oír más excusas ni disculpas–. Toda esta idea de la amistad ha sido un error.

Alyse lo miró en silencio, sin que su rostro revelase nada de lo que pudiera estar pensando o sintiendo.

A él le daba igual.

–Solo ha servido para complicar las cosas –continuó–. Antes todo era mucho más fácil.

–¿Te refieres a cuando fingíamos todo el tiempo?

–Siempre tendremos que fingir –respondió él en un tono deliberadamente duro–. El pueblo espera vernos enamorados... y ya te he dicho que eso jamás ocurrirá.

–Y yo que pensaba que no te gustaba mentir.

Cierto, había pocas cosas que odiase más que la mentira. Llevaba mintiendo toda su vida, igual que sus padres habían hecho con él. Pero había pensado que con Alyse sería diferente. Había creído que, al ser una elección suya, tendría el control de la situación.

Y lo tendría. Empezando desde ese momento.

–A veces es necesario. Pero al menos no nos mentiremos el uno al otro.

–¿Y qué propones exactamente, Leo? ¿Que nos ignoremos mutuamente el resto de nuestra luna de miel y de nuestro matrimonio?

–La luna de miel se ha terminado.

Ella se puso pálida.

–¿Cómo que se ha terminado?

–Volvemos a Maldinia esta mañana.

–Esta mañana –se quedó aturdida unos instantes, hasta que una chispa de desafío prendió en sus ojos–. Así que hemos tenido una luna de miel de dos días. ¿Cómo crees que reaccionarán el pueblo y los medios?

–Eso dependerá de nosotros, ¿no? Si volvemos a Averne con mala cara, sí, desde luego que sospecharán algo. Pero, si sonreímos y presentamos un frente unido, no creo que haya ningún problema –arqueó las cejas–. Confío en que, después de seis años, sepas actuar como exige la situación.

–¿Y qué pasa con nuestras visitas programadas a Londres, París y Roma?

–Podemos ir desde Maldinia. Están programadas para la semana que viene.

Alyse sacudió la cabeza.

–¿Por qué quieres volver a Maldinia?

–Porque me gustaría que nuestro matrimonio sea lo que estaba pactado –respondió él bruscamente–. Sin retozar en la playa o jugar a ser amigos en un barco.

Alyse lo miró con expresión pensativa.

–Tienes miedo –le dijo finalmente, y Leo soltó una carcajada de incredulidad.

–¿Miedo? ¿De qué?

–De mí... de lo que estaba sucediendo entre nosotros.

Él levantó una mano.

–Ahórrate tus fantasías románticas. Ya tuve bastante anoche, cuando intentaste convencerme de que me amabas.

–Creía que te amaba.

–¿Ya te has desengañado? Qué oportuno –Leo sintió una punzada de dolor y la sofocó rápidamente–. Iré a decirle al personal que venga a recoger nuestro equipaje.

Salió de la cabaña sin mirar hacia atrás.

Capítulo 9

LLEVABAN siete horas de vuelo y Leo no le había dirigido la palabra ni una sola vez. Habían dormido a bordo del avión, en camas separadas, y estaban desayunando a ambos lados de una mesa llena de café, cruasanes y fruta.

Leo examinaba algunos documentos, tranquilo e imperturbable, mientras que ella sentía un peso en el estómago y un enorme cansancio físico y emocional.

No habían vuelto a hablar desde la última conversación en la cabaña, y Alyse no se hacía ilusiones sobre lo que la esperaba en Maldinia. En un palacio inmenso, teniendo que ocuparse de sus deberes reales, a Leo le resultaría muy fácil ignorarla. Solo se verían en actos oficiales y ocasiones formales, llevando vidas separadas el resto del tiempo.

Exactamente igual que lo que había sido su noviazgo.

Se le formó un nudo de tristeza en la garganta. No podía volver a ese tipo de vida. Y menos en Averne, donde ni siquiera tendría sus estudios ni a sus amigos para consolarse.

Podría concentrarse en sus funciones, como haría Leo. Tenía que prestar un servicio al país y a su gente como princesa de Maldinia, siendo ese el único aspecto que la seducía de su vida en la corte.

Aun así, la idea de que aquel fuera a ser su único propósito en la vida la sumía en una profunda depresión.

Quería más.

Siempre había querido más. Se había embarcado en aquel compromiso con la esperanza de que fuera algo más que una farsa... pero el futuro no podría ser más desalentador.

Parpadeó con fuerza para contener las lágrimas. No iba a llorar. Tenía que haber alguna manera de salvar la situación y llegar hasta Leo, de hacerlo entrar en razón y conseguir que volviera a abrirse a ella. Pero ¿cómo?

¿Cómo atravesar su armadura de hielo?

Suspiró y miró al hombre que se hallaba sentado frente a ella, totalmente concentrado en las hojas que tenía delante.

–Leo.

Él levantó reacio la mirada.

–¿Sí?

–¿Vas a ignorarme todo el vuelo? ¿Y toda nuestra vida?

Leo apretó los labios y la recorrió con la mirada.

–Ignorarte precisamente no. Esta noche, por ejemplo, no tengo intención de ignorarte.

Alyse se quedó de piedra.

–¿Estás diciendo que... quieres consumar nuestro matrimonio esta noche?

La expresión de Leo no cambió ni un ápice.

–Sí, eso es exactamente lo que estoy diciendo.

Alyse se lamió los labios resecos, invadida por una oleada de deseo. Por frío e indiferente que se mostrara con ella, seguía deseándolo. Y siempre lo desearía.

–¿A pesar de que ni siquiera me hablas?

–No hará falta hablar.

–No seas tan vulgar. Los dos nos merecemos algo más.

Una extraña expresión cruzó fugazmente el rostro de Leo.

–Siempre que tengas presente que este matrimonio no es más que un acuerdo oficial.

–Créeme, no podría olvidarlo.

Leo asintió, aparentemente satisfecho, y volvió a sus documentos. Alyse se hundió en el sofá y cerró los ojos. Lo único que Leo quería de ella era su cuerpo.

Pero ¿y si además de su cuerpo le entregaba su corazón?

Abrió los ojos y perdió la vista en las nubes. Acababa de descubrir que nunca lo había amado de verdad. Sus sentimientos no habían sido más que un encaprichamiento juvenil y un anhelo desesperado. ¿Cómo, entonces, podía ofrecerle su corazón a aquel hombre tan frío, orgulloso e hiriente?

«Porque eso es lo que quiero para mi matrimonio». Porque, aunque no lo hubiera amado antes, sabía que podía llegar a amarlo. Podía enamorarse de Leo si él se lo permitía, si ella conseguía ver más allá de su gélida fachada.

Y podía empezar aquella misma noche.

Cinco silenciosas horas después, aterrizaron en Maldinia bajo un agradable sol veraniego y regresaron a palacio con la comitiva real.

La prensa se había enterado de la prematura llegada y estaba esperando en el aeropuerto y delante del palacio. Leo y Alyse posaron para las fotos, prodigando sonrisas y saludos mientras Leo la abrazaba posesivamente por la cintura. Ella lo miró por el rabillo del ojo y advirtió su rígida postura. Tal vez estuviera dispuesto a fingir, pero era evidente que no le gustaba. Y tampoco a ella.

Una vez en palacio, él se retiró a su despacho y a Alyse le mostraron el que sería su dormitorio... suyo y no de Leo. Era una habitación azul y gris decorada con toques femeninos, muy bonita, pero impersonal.

Se tumbó en la cama, sintiéndose sola, perdida y desgraciada. Unos minutos después llamaron a la puerta y, sin esperar respuesta, la reina Sofía entró en la habitación.

Alyse se levantó de un salto. Había tenido muy poco contacto con su suegra y lo prefería así.

—¿Por qué habéis vuelto tan pronto de la luna de miel? —le preguntó la reina, escrutándola severamente con una ceja arqueada.

Alyse se mojó los labios.

—Leo... tenía trabajo que hacer.

—¿Trabajo? ¿En su luna de miel? ¿Cómo crees que va a reaccionar la gente? Quieren ver a una joven pareja enamorada. Quieren ver cómo celebráis vuestra unión. La monarquía depende de vosotros.

Alyse pensó en lo que Leo le había contado de sus padres. Conociendo los escándalos, el despilfarro y la indiferencia mostrada hacia el pueblo, que Sofía insistiera en el decoro real parecía cuando menos hipócrita.

—La monarquía también depende de ti —dijo, consiguiendo que apenas le temblara la voz.

La expresión de la reina se endureció.

—No seas impertinente.

—No lo soy. Solo estoy siendo sincera.

—No necesito tu sinceridad. La única razón por la que has llegado tan alto es porque así lo decidimos nosotros.

—Y la única razón por la que lo decidisteis es porque os beneficiaba —replicó Alyse, incapaz de contener la indignación—. Siendo Leo y yo el centro de atención vosotros podíais seguir haciendo lo que quisierais... que es lo único que siempre habéis hecho.

Las mejillas de la reina se cubrieron de rubor, pero Alyse no se detuvo.

–Me imagino lo que debe de ser para ti ver a tu querido primogénito casado con una plebeya.

–¿Mi querido primogénito? ¿Es que Leo no te ha hablado de su hermano?

Alyse se quedó atónita.

–¿Su hermano?

–Alessandro, su hermano mayor. Mi marido lo desheredó cuanto tenía veintiún años. De lo contrario habría sido rey.

A Alyse le pareció detectar un tono amargo, incluso triste, en la voz de Sofia. ¿Habría sido Alessandro el favorito de la reina? ¿Lo había querido más que a Leo?

–Nunca hablamos de él –continuó Sofia–. Hace años que la prensa dejó de airear su historia. Pero, si quieres saber por qué la monarquía te necesitaba para salvar su imagen, fue por el escándalo que montó Sandro –los azules ojos de la reina destellaron de malicia–. Me sorprende que Leo no te lo haya contado.

Alyse no respondió. Sofia no parecía sorprendida en absoluto. ¿Habría intuido lo que sentía ella por Leo y había utilizado esos sentimientos para sugerir el compromiso? No parecía una explicación muy descabellada. La reina era astuta y calculadora, y a sus gélidos ojos azules no se les escapaba nada.

–Ten cuidado –le advirtió–. Si la verdad de tu relación con Leo saliera a la luz, el escándalo sería nefasto para todos, incluida tú. Tal vez hayas disfrutado con la atención recibida estos últimos años, pero no será tan agradable cuando todo el mundo empiece a odiarte –esbozó una sonrisa cruel–. Además, en ese caso no serías de ninguna utilidad para nosotros. Ni para Leo.

Se giró sobre sus talones y salió de la habitación, cerrando con fuerza tras ella.

Alyse volvió a dejarse caer en la cama. ¿Serían una

amenaza las últimas palabras de la reina? Si la prensa empezaba a atacarla y se convertía en una carga para la monarquía en vez de un valioso instrumento, ¿querría Leo seguir casado con ella?

No se atrevía a pensar en la respuesta.

Alyse no vio a Leo hasta la noche, cuando la familia real se reunió para una cena formal. Leo estaba arrebatador con esmoquin, el traje exigido para las frías reuniones familiares. Al rey Alessandro y la reina Sofia les gustaba imponer un rígido protocolo, pero Alyse se preguntó cómo afectaría aquella formalidad a Leo. Y cómo habría afectado a su hermano, ese hermano de quien nunca le había hablado.

¿Cómo era posible que nunca hubiera sabido nada de él? Ni por Leo, ni por su familia, ni por los artículos que había leído sobre la familia real de Maldinia.

El compromiso de Leo y ella, y el consiguiente escrutinio al que fueron sometidos por los medios, debían de haber alejado la atención del hermano de Leo. Era como si todo el mundo hubiera olvidado que existía.

Todo el mundo salvo Leo. Algo le decía que no se había olvidado de su hermano. Quería preguntarle por él y saber qué lo había convertido en el hombre que era, pero por la fría expresión de Leo no parecía que quisiera hablar con nadie... y mucho menos con ella.

La cena transcurrió como se esperaba, tensa y en silencio. Alessandro y Sofia hicieron algunos comentarios bastante mordaces sobre el prematuro regreso de la luna de miel, pero Leo se mostraba indiferente a cualquier crítica, y Alyse se limitó a murmurar algo sobre lo impaciente que estaba por adaptarse a la vida en palacio.

Alexa le lanzó una mirada de ánimo al hacer aquel comentario. Sus ojos, del mismo color azul oscuro que los de Leo, brillaban de valor y simpatía. Alyse sabía que Alexa iba a casarse al año siguiente con un jeque de un pequeño estado de Oriente Medio, y tenía el presentimiento de que su nueva cuñada no esperaba con mucho entusiasmo el enlace. Al menos Alexa no había tenido que fingir estar enamorada de su novio.

A las diez acabó la cena y Sofia se disponía a levantarse la primera para conducir a todos al salón, donde les servirían el café con pasteles. Pero Leo frustró aquella parte del ritual al levantarse antes que su madre.

–Ha sido un día muy largo. Alyse y yo nos retiramos.

Alyse se puso colorada, aunque no había ninguna insinuación en las palabras de Leo. Sofia pareció ofenderse, pero Leo ni siquiera esperó a que le diera permiso y agarró a Alyse de la mano para sacarla del comedor.

–A tu madre no le gusta que la contraríen –murmuró Alyse mientras subían la escalera. El corazón le latía furiosamente y la cabeza le daba vueltas.

–A mi madre no le gusta hacer otra cosa que mandar –respondió él–. Tendrá que acostumbrarse a que la desobedezcan.

La condujo por el pasillo hasta una puerta de madera, la abrió y entraron en un lujoso dormitorio, muy masculino. El edredón de la cama con dosel estaba vuelto y un fuego ardía en la gran chimenea de piedra.

Alyse tragó saliva, pero la garganta se le había quedado completamente seca.

–¡Qué romántico!

–¿Lo dices con ironía?

–No, Leo –se giró hacia él e intentó sonreír. No iba a dejar que aquella noche se convirtiera en algo puramente físico e impersonal–. Solo estaba expresando mi opinión. Tranquilo, no creo que tú tengas nada que ver con esto.

Leo miró a Alyse. Esbelta, elegante e increíblemente hermosa. Parecía vulnerable y fuerte al mismo tiempo, y él no podía por menos que admirar su entereza.

Sofocó rápidamente su asombro y endureció su corazón.

—Desde luego que no —le hizo un gesto para que avanzara—. Ven aquí.

—¿Es una orden?

—Una petición.

Ella se rio.

—Pues parece una orden, Leo —aun así se acercó a él, con la cabeza bien alta y los ojos ardiendo de determinación.

Leo no respondió, porque realmente no sabía qué decir ni cómo actuar. No quería que el sexo entre ellos fuera romántico. No quería que ninguno de los dos se dejara llevar por la emoción.

Solo quería una simple y necesaria, aunque placentera, interacción física. Pero temía que no pudiera ser así. Ya se había dado cuenta de que sus sentimientos por Alyse habían cambiado demasiado como para que el sexo entre ellos pudiera ser algo simple o sórdido.

Ella dio otro paso hacia él, con una tímida y temblorosa sonrisa. Sus caderas se contoneaban bajo el vestido de noche de color marfil.

—¿Por qué no te quitas eso? —le preguntó con una voz cargada de deseo.

—¿Por qué no me lo quitas tú? —le preguntó ella. En su risa se adivinaba tristeza, pero también desafío. Al parecer, no iba a ponérselo fácil—. Solo porque esto sea necesario no significa que no podamos disfrutar de la experiencia. Tú me deseas, Leo, y yo te deseo a ti.

Leo no pudo responder. Se le había cerrado la gar-

ganta, el pulso le latía frenéticamente y todo su cuerpo
se moría por tocarla. Al principio había pensado que
ella se resistiría, o que no respondería, como muestra
de desafío.

Pero su conformidad era mucho más peligrosa. Y
Leo lo iba a tener difícil, muy difícil, para mantener la
barrera emocional entre ambos.

Sin decir nada, la rodeó con los brazos para deshacer
el nudo del vestido. La prenda se deslizó por sus hombros y cayó a sus pies. Ella lo miró fijamente, con un
ligero rubor en las mejillas.

Era una mujer espectacular. Ya la había visto desnuda, pero aquella noche le parecía distinta, mucho más
hermosa y sensual. Llevaba un sujetador sin tirantes y
unas minúsculas braguitas que resaltaban la perfección
de sus formas.

—No creo que deba ser yo la única que esté desnuda
—dijo ella en tono jocoso, y procedió a desabrocharle la
camisa con sus largos y elegantes dedos. Le pasó las
manos por la acalorada piel del pecho y de los hombros
mientras le quitaba la pajarita y la camisa.

Lo había desnudado la noche anterior, pero aquella
noche no solo lo estaba excitando, sino emocionándole
de un modo para el que no estaba preparado. Ni quería
estarlo.

Se endureció por dentro y la agarró para besarla. Tenía que valerse de la pasión física para barrer los pensamientos y emociones, y le bastó con el primer roce de
sus labios para lograr su objetivo. La devoró con un apetito insaciable mientras deslizaba las manos entre sus cabellos y pegaba su cuerpo casi desnudo contra el suyo.
Todo eso bastó para detener los sentimientos indeseados
y las emociones imposibles.

O casi.

La respuesta de Alyse fue su perdición. Su cuerpo

no solo lo aceptaba; se entregaba por entero. Beso por beso, caricia por caricia. Con Alyse el sexo jamás podría ser una interacción puramente física e impersonal. Ya era algo más. Algo que él no quería, pero que necesitaba desesperadamente.

Alyse amoldó el cuerpo al suyo y echó la cabeza hacia atrás mientras soltaba un gemido que fue engullido por la boca de Leo. El deseo lo consumía con una furia salvaje que arrasaba todo a su paso.

Apenas se dio cuenta de que le quitaba el sujetador y las braguitas, y sintió vagamente que ella le bajaba la cremallera y los pantalones. Leo los apartó con un puntapié y levantó a Alyse en sus brazos para llevarla a la cama.

En todo momento seguía luchando contra lo que sentía. Alyse yacía en la cama, con los brazos extendidos y las piernas separadas, ofreciéndose a él sin reservas. En sus ojos no se advertía la menor vergüenza ni temor; tan solo confianza y entrega. Leo se arrodilló a su lado, sintiéndose más expuesto y vulnerable que nunca. Humillado y avergonzado por haber intentado algo que no era posible: acostarse con Alyse, su mujer, manteniendo las emociones al margen.

–Hazme el amor, Leo –le pidió ella suavemente, y él soltó un sonido a medias entre un gemido y una risa, sintiendo que una oleada de calor barría los restos de cinismo.

Se colocó encima y hundió la cara en la suave curva del cuello. Ella respondió arqueándose y entregándole todo lo que tenía, y Leo lo tomó con avidez mientras exploraba sus curvas con las manos. Finalmente sus cuerpos se encontraron y él se deslizó en su interior para unirse los dos en uno. La sensación fue sublime, divina, infinitamente más placentera de lo que se había esperado.

Sus últimas reservas se hicieron añicos ante la respuesta de Alyse. Se introdujo hasta el fondo, una y otra vez, perdiéndose por completo en un torrente de sensaciones desconocidas, hasta no saber dónde terminaba uno y empezaba el otro.

Y lo más sorprendente e importante era que tal distinción ya no le importaba.

Alyse yacía de espaldas, vibrando de placer. Leo estaba junto a ella, también de espaldas, con un brazo sobre la cara. Imposible saber lo que estaba pensando o sintiendo, y esa incertidumbre, junto a la brisa nocturna que entraba por las ventanas, le provocaba un escalofrío por toda la piel.

Unos momentos antes la estaba tocando y penetrando. Lo había sentido tan cerca de ella, tan unido a ella, que todos sus miedos y dudas se habían diseminado como un montón de fría ceniza.

Pero habían vuelto, se habían posado dentro de ella y de las ascuas volvía a prender una dolorosa llama.

Se lo había dado todo a Leo. Pero seguramente él se levantaría de un momento a otro para ir al baño, tan frío e indiferente como siempre. Intentó endurecerse para soportar el inminente rechazo, pero sabía que no podría evitar el sufrimiento. Tal vez no lo amara, aún, pero le había dado todo cuanto tenía.

Sintió que Leo se movía a su lado, pero no se atrevió a decir nada. No quería romper el lazo, extremadamente delicado, que los mantenía unidos en aquellos instantes. Temía que cualquier cosa que dijera le sonara a Leo como un desafío, una acusación, o incluso un ultimátum. Por una vez quería vivir el momento y no exigir ni anhelar nada más.

Él se retiró el brazo de la cara y se sentó en la cama, con los pies en el suelo y de espaldas a Alyse.

–Voy a por algo de beber –se puso los calzoncillos y fue al vestidor.

Alyse permaneció en la cama, cada vez más consciente de su propia desnudez, pero reacia a cubrirse y dejar atrás la intimidad del momento o, peor aún, fingir que no había ocurrido, como seguramente estaba haciendo Leo. O quizá no estuviera fingiendo. Quizá para él solo había sido sexo y era ella, como siempre, la que se llenaba la cabeza de fantasías.

Leo regresó al cabo de unos minutos, mientras ella seguía en la cama, desnuda y luchando contra la necesidad de cubrirse. Se apartó el pelo de la cara y se incorporó. Se había prometido a sí misma, y también a Leo aunque él no lo sabía, que aquella noche se abriría a él por completo, sin disimulo, reservas ni engaños. Ni siquiera en esos momentos, cuando todo su cuerpo pedía a gritos que se tapara.

–Toma –le dijo él con brusquedad mientras le ponía una botella de agua en las manos.

–¿De dónde la has...?

–Hay un minibar en el vestidor. También hay champán, pero pensé que ya habíamos tomado bastante.

–Sí... –tomó un sorbo de agua fría. Por lo visto, aquel momento no era digno de champán para Leo.

Él vació la mitad de la suya de un trago y giró la botella en las manos, evitando mirar a Alyse a los ojos. Ella esperó. Presentía que iba a decirle algo, pero no se imaginaba qué podía ser.

Finalmente, la miró a los ojos con una expresión indescifrable, tomó aire y lo soltó lentamente.

–No sé cuánto puedo dar.

Alyse siguió mirándolo fijamente mientras asimilaba sus palabras. Se percató de que estaba sonriendo como una tonta, lo cual era absurdo, ya que las palabras de Leo estaban muy lejos de ser una declaración de amor.

Pero al menos significaban algo. Insinuaban que Leo tenía algo que dar... y quería darlo.

–No pasa nada –dijo, y Leo desvió la mirada.

–Lamento haber tratado nuestro matrimonio como una imposición.

–Es lo que era para ti –respondió ella, sin añadir lo que su corazón anhelaba: «hasta ahora».

–Nunca había tenido una relación estable de verdad –continuó él.

–Yo tampoco.

La miró con una media sonrisa.

–Ya somos dos.

Ella también sonrió, sintiendo que crecían sus esperanzas.

–Eso parece.

Los dos se quedaron callados. Alyse intentó convencerse de que no había un motivo sólido para hacerse ilusiones. Leo no le había dicho gran cosa y ella ni siquiera estaba segura de lo que le estaba ofreciendo. Pero de todos modos se sentía invadida por un inmenso alivio.

Finalmente, Leo le quitó la botella y la dejó en una mesa junto a la suya. Alyse entró en el baño, y al salir lo encontró en la cama, con los brazos sobre la cabeza y el resplandor de las llamas iluminando su cuerpo.

Se quedó dudando en el umbral, sin saber qué hacer, hasta que Leo apartó la sábana y dio unas palmaditas en la cama.

–Ven aquí.

Ella obedeció, y el corazón se le desbocó de gozo cuando él la estrechó delicadamente entre sus brazos. Aspiró su olor a loción y jabón y escuchó el crepitar de las llamas y los fuertes latidos de Leo. Ninguno habló, pero el silencio no era tenso ni incómodo. Era un silencio relajado y de mutuo entendimiento. Y en vez de insistir o desear más, Alyse se abandonó al momento. Porque, en aquel momento, estar en brazos de Leo era todo lo que necesitaba.

Capítulo 10

CUANDO se despertó, Leo seguía estirado junto a ella, con un atisbo de sonrisa suavizando sus rasgos. Alyse lo contempló unos segundos y, sintiéndose atrevida, le dio un beso en los labios.

Él abrió los ojos y la agarró por los hombros.

–Una bonita manera de despertarse –dijo, y antes de que ella pudiera responder, se la colocó encima de manera que la erección quedó presionada contra su vientre.

–Creo que tienes pensado algo mejor –murmuró ella mientras él deslizaba una mano del hombro hasta el pecho.

–Desde luego –corroboró él, y ninguno de los dos volvió a hablar en un buen rato.

Más tarde, después de haberse duchado y vestido, mientras desayunaban en un comedor privado, Alyse le preguntó cuáles eran sus planes para aquel día. A pesar de haber hecho el amor nada más despertar, la luz del día le devolvió parte de sus viejas inquietudes. Tal vez Leo se conformara con disfrutar de la intimidad por la noche y seguir manteniendo las distancias durante el día.

Sentada frente a él, lanzando miradas furtivas a su severo perfil, pensó en lo poco que le había dicho la noche anterior.

«No sé cuánto puedo dar». En casi todas las relaciones esas palabras habrían sido una advertencia, no la promesa que ella, aferrada a su ridícula esperanza, había creído que eran.

–Tengo que reunirme con el consejo de ministros, pero esta tarde estoy libre. Había pensado que tal vez podría enseñarte el palacio, ya que apenas has visto nada.

Alyse esbozó una sonrisa de oreja a oreja, y lo mismo hizo Leo. No bastó, sin embargo, para borrar todas las dudas.

Siguieron hablando de otras cosas, intercambiando impresiones sobre libros y películas, compartiendo anécdotas y disfrutando de una conversación agradable y relajada sin más propósito que conocerse el uno al otro.

Después de desayunar, Leo se disculpó para ir a prepararse para su reunión y Alyse fue a deshacer el equipaje. Se pasó la mañana en su habitación, poniéndose al día con la correspondencia y ordenando las cosas, antes de bajar a comer.

Sofia había salido, afortunadamente, y Alessandro estaba ocupado, de modo que solo estuvieron Leo, Alexa y ella.

–¿Cómo es la vida de casados? –les preguntó Alexa después de que les hubieran servido la comida–. ¿Feliz y dichosa?

Leo sonrió y sacudió la cabeza.

–No seas cínica, Lex.

–¿Tú me dices que no sea cínica? Veo que el matrimonio te ha cambiado mucho.

Alyse contuvo la respiración mientras Leo bebía un sorbo de agua.

–Un poco –respondió sin mirar a nadie.

Su respuesta decepcionó a Alyse, quien respiró profundamente y se concentró en la comida. Sabía que debía tener paciencia. La última noche había significado un gran cambio, pero tanto Leo como ella necesitaban tiempo.

Sobre todo Leo, quien necesitaba creer que podía cambiar antes de poder amar.

Después de comer, Leo la llevó a dar una vuelta por el palacio. Recorrieron una docena de soleados salones lujosamente decorados. Sus pasos resonaban en los suelos de mármol.

–Debía de ser fantástico jugar aquí al escondite –comentó Alyse en una inmensa sala con retratos de los antepasados de Leo y grandes muebles dorados. Intentaba imaginarse a los dos hermanos jugando allí.

¿Echaría de menos Leo a su hermano? Quería preguntarle muchas cosas, pero sabía que aún no estaba preparada para responderlas.

–No jugaba en estas dependencias –dijo él, paseando la mirada por la estancia–. Casi siempre estábamos en la guardería.

–¿Estábamos?

–Los niños. Y, como ya te dije, me mandaron a un internado con seis años.

–Es una edad muy temprana para marcharse de casa, ¿no?

Él se encogió de hombros.

–Era lo que querían mis padres.

Alyse pensó en el distante rey y la altiva reina. No parecían ser unos padres especialmente cariñosos.

–¿Los echaste de menos?

–No. No se echa de menos lo que nunca se ha tenido.

Alyse no se esperaba que dijera nada más, pero respiró hondo y continuó hablando, con la vista fija en la ventana.

–Si alguna vez te has preguntado cómo se les ocurrió a mis padres la idea de que fingiéramos estar enamorados, es porque es lo que ellos han hecho desde siempre. Solo se interesaban por mí o por mi... por cualquiera de nosotros cuando alguien estaba mirando –torció la boca–.

Nunca perdían una oportunidad ante las cámaras para demostrarle al mundo lo mucho que nos querían.

—Pero... —Alyse dudó, recordando todas las revistas que había visto de la familia real, siempre sonriendo o riendo, ya fuera en la playa, esquiando o posando.

Jugando a ser la familia perfecta.

¿Le estaba diciendo Leo que su vida familiar había sido tan falsa como su compromiso? A Alyse no debería sorprenderla. Al fin y al cabo, ¿cómo podía alguien creer en el amor después de haber vivido una infancia semejante?

Se le encogió el corazón al pensar en Leo de niño, solo e ignorado.

—Debiste de sentirte muy solo.

—No entendía lo que era la soledad. Era simplemente a lo que estaba acostumbrado.

Alyse no se lo creyó. No podía creérselo. ¿Qué niño no ansiaba recibir amor y atención? Era una necesidad innata, imposible de ignorar.

Pero no imposible de reprimir.

Y eso era lo que Leo había hecho toda su vida. Reprimir sus emociones. No solo se compadecía de él de niño, sino también del hombre en que se había convertido, decidido a no necesitar a los demás, a no sentir nada por nadie ni permitir que nadie sintiera nada por él.

—¿Y qué me cuentas de ti? —le preguntó Leo, girándose hacia ella—. Eres hija única. ¿Alguna vez quisiste tener hermanos?

Alyse reconoció y aceptó el intento de desviar la conversación. Leo ya había revelado más de lo que ella se esperaba.

—Sí, pero mis padres siempre tuvieron muy claro que no tendrían más hijos.

—¿Y eso por qué? ¿Tenían problemas para concebir?

—No, simplemente no querían más hijos. Estaban

muy contentos conmigo y eran muy felices juntos. Se querían de verdad, y aunque no eran de la realeza salieron en muchas revistas. Su historia de amor fue como un cuento de hadas.

—Tu madre es una rica heredera estadounidense, ¿no?

—Antes de casarse se la conocía como la Heredera Brearley. Su padre tenía una cadena de hoteles, de la que ahora se ocupa mi tío.

—¿Y tu padre?

—Es un financiero francés. Se conocieron en un baile en París, se vieron en un salón lleno de gente y se enamoraron a primera vista, aunque para ti sea difícil creerlo —añadió con una sonrisa sesgada.

Leo guardó silencio unos segundos.

—¿Y para ti cómo fue crecer a la sombra de ese amor?

—A veces fue muy duro —confesó ella—. Quería a mis padres y sabía que ellos a mí también. Pero... ellos siempre estaban juntos, como debe ser, mientras que yo...

No acabó la frase. Debía de estar dando una imagen patética al quejarse de lo mucho que sus padres se habían querido, cuando Leo había crecido en un ambiente frío y hostil donde lo único importante era guardar las formas.

—Te sentías sola —concluyó él.

—A veces —tragó saliva con dificultad.

Leo le agarró la mano. El simple contacto de sus dedos tocó a Alyse en lo más profundo de su corazón.

—Es extraño, nos hemos criado en dos familias y hogares completamente distintos, y, sin embargo, compartimos una experiencia similar.

—La verdad es que no me puedo quejar.

—No te estabas quejando. Te he hecho una pregunta y la has respondido —tiró de ella con una mano y con la otra le acarició el pelo—. Pero quizá sea el momento de dejar atrás a nuestras respectivas familias y empezar a pensar en la nuestra.

–Quizá –susurró ella. No habían usado protección. Ni siquiera habían considerado la posibilidad. Tener descendencia era parte de su responsabilidad como esposa de Leo y futura reina de Maldinia.

El hijo de Leo.

Quería tenerlo. Quería una familia unida y cariñosa. Y, aunque debía tener paciencia, aquel comienzo le parecía maravilloso.

Alyse se miró en el espejo y se alisó el vestido plateado que luciría aquella noche en uno de los clubes más selectos de Londres, en la que sería su primera aparición en público como marido y mujer.

Hacía cuatro días que habían regresado de St. Cristos. Cuatro días y cuatro noches maravillosos, si bien tenía que refrenarse constantemente para no pedir más de lo que Leo estaba dispuesto a ofrecer.

«No sé cuánto puedo dar».

Pero al menos estaba dando, y con cada conversación, broma o sonrisa, con cada noche que pasaban abrazados, Alyse se enamoraba más de él. Del Leo auténtico, al que nunca había conocido.

Le encantaba descubrirlo, conocer sus gustos, costumbres y manías, como por ejemplo leer la página entera de un periódico, incluso los anuncios, antes de pasar a la siguiente. O que le gustara el ajedrez y sin embargo odiara las damas.

Y, sobre todo, le encantaba explorar el mapa de su cuerpo y sentir que se estremecía de placer cuando ella lo besaba o tocaba.

No todo era idílico, naturalmente. Las restricciones de la vida en palacio y las apariciones en público creaban momentos de tensión en los que Leo volvía a encerrarse en sí mismo. Aquella mañana, al salir del palacio para volar a Londres, los dos se habían quedado helados al ver a la multitud que los aguardaba. Alyse fue la primera en adelantarse a prodigar sonrisas y saludos.

–¿Cómo es la vida de casados? –le preguntó una joven.

–Más de lo que nunca había esperado –respondió ella, arrancándole una amplia sonrisa a la chica. Pero por el rabillo del ojo advirtió la pétrea expresión de Leo.

No hablaron entre ellos hasta que estuvieron a bordo del avión real. Leo abrió el periódico y leyó rápidamente los titulares antes de hacer un comentario.

–Así que más de lo que esperabas, ¿eh?

Alyse se puso colorada.

–Pues...

–Creo que esperas algo más.

El rubor de Alyse se intensificó. Estaba haciendo todo lo posible por ser paciente y aceptar lo que él le daba, pero todo su ser anhelaba recibir más. Necesitaba su amor.

–No sé por qué –continuó él–, pero ahora se me hace más difícil fingir. Es como estar mintiendo.

Alyse entendió lo que quería decir. Fingir que se estaba enamorado cuando no se sentía nada era más fácil que cuando se sentía algo. Tenía la sensación de que, al tener que fingir, Leo se estaba dando cuenta de lo poco que sentía realmente.

Suspiró y se giró hacia la ventanilla. Debía tener paciencia.

La recepción se celebraba en uno de los mejores clubes de Pall Mall, y un enjambre de periodistas y fotógrafos se había congregado en la puerta. Los guardias de seguridad escoltaron a Leo y Alyse desde el coche hasta el vestíbulo, y nada más entrar atrajeron las miradas, discretas pero curiosas, del centenar de invitados.

Era normal que suscitaran tanta curiosidad, pensó Alyse. El príncipe y la Cenicienta. También cuando estaba sola en Durham había recibido aquellas miradas y había aparecido en infinidad de revistas. Pero estando con Leo se sentía distinta.

Lo miró de reojo mientras él hablaba con un hombre gordo y canoso que a Alyse le resultaba vagamente familiar. Leo parecía sentirse a sus anchas en aquel ambiente, sin el menor atisbo de tensión en su rostro. La rodeó con un brazo por la cintura y Alyse sintió un escalofrío. ¿Cómo saber cuándo su marido estaba actuando y cuándo no?

Tal vez los últimos días habían sido tan simulados como aquella noche. Tal vez Leo ni siquiera sabía cómo ser natural.

—Tienes que sonreír –le murmuró él–. Pareces tensa.

—Lo siento –intentó sonreír, pero le resultaba mucho más difícil que antes. Estaba cansada de fingir, cansada de las dudas y temores, cansada de preguntarse qué sentiría Leo por ella, en el caso de que sintiera algo.

—Ahora pareces aterrada –observó Leo en voz baja, tensando el brazo alrededor de su cintura–. ¿Qué ocurre? No es la primera vez que hacemos esto.

—Pero ahora es distinto –ella se sentía distinta, pero no sabía si a Leo le ocurría lo mismo.

—No debería ser así –respondió él, y la llevó hacia un grupo de la alta sociedad británica.

Alyse hizo un enorme esfuerzo por ensanchar su temblorosa sonrisa, sintiéndose más insegura y desgraciada que nunca.

Leo se moría por arrancarse la pajarita blanca y salir del club sin mirar atrás. La velada se hacía interminable, y cada vez aguantaba menos la hipocresía que Alyse y él estaban obligados a mantener. Hasta ese momento nunca le había importado, limitándose siempre a cumplir con su deber.

Pero ya no. La falsedad lo irritaba y le provocaba náuseas. La última semana había tenido muchos momentos difíciles e incómodos, pero al menos había sido real. Los días y las noches que había pasado con Alyse le habían despertado un deseo insospechado hasta entonces. Quería más.

Miró otra vez a Alyse, que a duras penas podía ocultar su malestar mientras le sonreía a alguien. En aquel momento no deseaba otra cosa que tomarla en brazos y despojarla de su reluciente vestido plateado. ¿Por qué era tan duro fingir que estaban enamorados si se entendían mejor que nunca? Debería haber sido mucho más fácil, pero la amistad lo había complicado todo, tal y como él había predicho. La parodia de amor que estaban interpretando hacía que la relación real, fuera lo que fuera, pareciera insignificante en comparación... y tenía el presentimiento de que Alyse lo sabía.

«No sé cuánto puedo dar». Las palabras habían brotado de sus labios con una repentina y estremecedora sinceridad, porque en aquel momento, después de haber hecho el amor por primera vez, no había sabido qué decir; solo que todo había cambiado.

Pero tal vez no había cambiado nada. Tal vez no había sido más que un espejismo, como todo lo demás en su vida. ¿Cómo podía esperar que aquello fuera real?

Ni siquiera sabía qué era algo real.

Dos horas después estaban en el coche de vuelta a su hotel, en Mayfair. Las luces de la ciudad brillaban bajo una llovizna de verano y las calles estaban llenas de charcos. Alyse no había hablado desde que se montaron en el coche, tenía el rostro vuelto hacia la ventanilla y Leo solo podía ver la curva del cuello y la mandíbula. Deseaba tocarla, pero no lo hizo.

Tenía que recordarse que aquella era su vida. Farsa y disimulo. Hubiera lo que hubiera entre ellos, ninguno de los dos podía escapar a la realidad que los aguardaba al salir del palacio.

Por otro lado, nada impedía seguir disfrutando en la intimidad, y eso hicieron nada más volver a la suite del hotel. Alyse se entregó voluntariamente, pero una sombra oscurecía sus ojos y le temblaba el labio inferior. Leo quería borrar las dudas y temores que presentía en ella, y en él mismo. Quería hacerla sonreír, y el único modo que sabía era besarla.

Empezó con delicadeza, pero al sentir la suavidad de su boca y oír su gemido de rendición, la agarró por el pelo y la pegó a la pared para devorarla salvajemente.

Ella respondió de igual manera, con una pasión desesperada y una acuciante necesidad de olvidar la actuación de aquella noche. Leo le subió el vestido hasta las caderas y ella le rodeó la cintura con las piernas para que la penetrase con fuerza, hundiéndose, perdiéndose en ella, ocultando la cara en su cuello mientras la hacía estremecerse de placer.

Al acabar ninguno dijo nada. Leo la llevó al dormitorio, dejando las horquillas y los zapatos desperdigados por el suelo del vestíbulo, y le quitó el vestido antes de desnudarse él. La tumbó en la cama y la rodeó con su cuerpo para intentar olvidarse del mundo.

Se despertó varias horas más tarde. Aún estaba oscuro, pero no consiguió volver a dormirse y se levantó sin hacer ruido para ir al salón. Encendió el portátil con intención de trabajar un poco antes de que Alyse se despertara. Tenían una agenda apretada aquel día, y por la noche volarían a París para otra recepción. Más disimulo, más actuación.

Apartó aquellos pensamientos y se concentró en el trabajo, lo único que le proporcionaba una verdadera satisfacción. Tenía que elaborar un proyecto sobre las mejoras de la infraestructura tecnológica de Maldinia, una labor por la que su padre nunca se había interesado.

Se conectó a Internet para ver su correo y se quedó anonadado al ver el titular de la página de noticias.

El amante secreto de Cenicienta lo cuenta todo.

Lentamente, hizo «clic» en el artículo y leyó el primer párrafo.

La historia de amor entre el príncipe Leo y su novia parecía sacada de un cuento de hadas, pero ¿y si todo hubiera sido un engaño? Matthew Cray, que estudió con la princesa en la universidad de Durham, ha confesado que tuvo una aventura con Alyse...

Los habían descubierto, pensó Leo. Todo el mundo sabría que su relación era una farsa, igual que todas las que había tenido antes. Se recostó en el sillón, aturdido y asqueado, pensando en las consecuencias que tendría aquel artículo. Habría que tomar serias medidas para paliar los daños, y rápido. Pero más allá del sentido práctico sentía algo que no quería sentir ni reconocer...

El insoportable dolor de la traición.

Capítulo 11

LEO? –desde la puerta del dormitorio vio a su marido con la mirada fija en la pantalla del ordenador portátil. Parecía afligido, pero cuando oyó su nombre y se volvió hacia ella su expresión se tornó inescrutable.

–¿Qué haces despierta?

–¿Y tú? Me desperté y me pregunté dónde estarías.

Él señaló el ordenador.

–Trabajando un poco. No podía dormir.

Alyse se acercó. El rostro de Leo era inexpresivo, pero sentía que estaba inquieto bajo su impenetrable fachada.

–¿Qué ha pasado?

–Nada.

–¿Qué estabas mirando en el ordenador?

–Cosas del trabajo... –se detuvo y se pasó una mano por el pelo–. Supongo que tendré que decírtelo. Vamos a tener que tomar medidas.

–¿Medidas para qué?

Él suspiró, hizo «clic» con el ratón y señaló la pantalla. Alyse leyó el titular y se quedó de piedra.

El amante secreto de Cenicienta lo cuenta todo.

–Oh, no –susurró agónicamente–. ¿Cómo ha podido?

–Supongo que le han ofrecido una gran suma por contarlo.

–Pero eso fue hace años –se le revolvió el estómago al leer frases sueltas del artículo.

Según Cray, Alyse y el príncipe Leonardo de Maldinia se han limitado a fingir que estaban enamorados para satisfacer a la opinión pública.

Lo sabían. Todo el mundo sabía la verdad sobre Leo y ella. Dio un paso atrás y se presionó un puño contra los labios mientras Leo cerraba el portátil.

–Lo siento.

–Fue hace años. No tienes que sentirte culpable.

–Pero si no lo hubiera...

–Nos ocuparemos de todo –la interrumpió él–. Vístete. Tendremos que volver a Maldinia para hablar con la oficina de prensa. Debemos presentar un frente unido para afrontar la situación.

Se alejó de ella y Alyse sintió que se le formaba un nudo de ansiedad en el estómago.

Todo era culpa suya. Y aunque Leo la hubiese perdonado por aquella lejana indiscreción, no era probable que su relación superara la difícil prueba que tenían por delante.

Recordó las palabras de la reina Sofía: no sería de ninguna utilidad para Leo.

Lo peor había sucedido. Se había convertido en una engorrosa carga para la monarquía y para Leo. Y, si él no sentía nada por ella, ¿por qué iba a querer que siguieran casados? No tendría ningún sentido.

Al salir de la ducha la estaban esperando varias estilistas de aspecto sombrío, quienes le explicaron la estrategia a seguir antes incluso de que ella se hubiera quitado la toalla del pelo.

–Debe ofrecer una imagen modesta y apagada, pero no avergonzada, como si tuviera algo que ocultar.

–No tengo nada que ocultar –respondió Alyse sin poder contenerse–. Ya no.

Las estilistas intercambiaron miradas entre ellas, pero ignoraron lo que había dicho y se pusieron a maquillarla. Cuarenta y cinco minutos después, Alyse salió al salón, donde Leo, vestido con un traje gris marengo, estaba hablando por el móvil. Alyse se tocó nerviosamente los pendientes de perlas. El corazón le latía con tanta fuerza que parecía que se le iba a salir por la boca. Estaba acostumbrada a tratar con la prensa, pero siempre habían estado de su parte. No era difícil sonreír y saludar cuando la gente la adoraba.

Aquel día sería diferente. Había encendido la televisión mientras las estilistas preparaban su ropa y había visto la entrevista de Matt en casi todas las cadenas. Habían publicado una foto en la que se los veía a ambos camino de clase; ella tenía la mano en el brazo de Matt y echaba la cabeza hacia atrás, riéndose. Alyse ni siquiera recordaba aquel momento. Solo había paseado con él un par de veces y ni siquiera eran amigos íntimos. Pero ¿quién la creería? Los medios de comunicación insinuaban que habían tenido una larga y sórdida aventura.

Mientras esperaba a que Leo terminara de hablar, estaba hablando en un italiano tan rápido que ella no entendía nada, Alyse se alisó el recatado vestido azul de cuello alto y con una faja más oscura rodeándole la cintura.

–Buena elección –dijo Leo cuando acabó la llamada, fijándose en el vestido–. El avión está esperando.

–¿El avión? ¿Adónde vamos?

–Volvemos a Maldinia. Había pensado en mantener la cabeza alta y cumplir con nuestros compromisos en París y Roma, pero ya no me parece que sea lo más conveniente.

—¿No?

—No. Creo que lo mejor es aclarar las cosas. Admitir lo que ha pasado y que todos vean que te he perdonado.

—¿Y cómo vamos a...?

—Nos harán una entrevista en televisión.

—¿En televisión? —repitió ella desconsoladamente. Había salido en las portadas de muchas revistas, pero nunca había estado en la televisión—. Pero...

—Te lo explicaré todo en el avión. Ahora tenemos que irnos.

Una multitud de paparazzi los esperaba a la salida del hotel, y los guardias de seguridad tuvieron que abrirse camino a empujones para llegar hasta ellos y conducirlos a la limusina. Alyse mantuvo la cabeza agachada mientras los flashes le explotaban en la cara y las preguntas le martilleaban el corazón.

—¿Alguna vez has estado enamorada de Leo, Alyse?

—¿Cuánto tiempo estuviste viendo a Matthew Cray?

—¿Has estado con otros?

—¿Te casaste con Leo por la fama o por el dinero?

—¿No sientes ningún remordimiento?

Una vez a salvo en el interior de la limusina, soltó un suspiro de alivio que casi fue un sollozo.

—Ha sido espantoso.

—Será peor —le aseguró Leo.

—Lo sé —tomó aire para llenarse los pulmones y lo soltó lentamente—. Leo, siento mucho lo que ha pasado. Sé que es por mi culpa.

—Hasta donde yo sé, es culpa de Matthew Cray.

—Pero si yo no hubiera...

—Alyse, puedes castigarte todo lo que quieras por lo que pasó hace años, pero eso no cambiará nada —su expresión no se suavizó lo más mínimo—. No tiene sentido lamentarse, aunque entiendo que te arrepientas.

—Pero... ¿me perdonas?

–No hay nada que perdonar.

Sus palabras deberían reconfortarla, pero no fue así. Leo las pronunció sin la menor emoción, con el rostro inexpresivo, sin nada que recordara la intimidad que habían compartido.

El Leo frío e implacable había vuelto, y Alyse no sabía cómo recuperar al hombre del que había empezado a enamorarse. Tal vez ya no existía. Tal vez nunca hubiera existido.

Apoyó la cabeza en el asiento y cerró los ojos, sintiéndose herida en lo más profundo del corazón.

Leo miró a Alyse, pálida y con los ojos cerrados, y sintió una punzada de culpabilidad mezclada con un inesperado ramalazo de compasión. Tras seis años siendo la estrella de los medios de comunicación, debía de ser terrible pasar a villana.

Le daba igual lo que dijeran de él, y quizá a Alyse tampoco le importara. Quizá su expresión cansada y desolada solo se debía al sentimiento de culpabilidad.

En cualquier caso, debería haber hecho más por consolarla. Debería haberla abrazado y haberle dicho que no se preocupara, que saldrían juntos de aquello, que no tenía ninguna importancia. No había hecho nada de eso, no había pensado en hacerlo hasta que ya era demasiado tarde.

«No sé cuánto puedo dar». Desde luego que no lo sabía. Desde que leyó el difamatorio artículo sobre Alyse había vuelto a encerrarse en sí mismo. Era lo más sencillo y seguro. Sabía que de aquella manera le hacía daño a Alyse, pero no podía evitarlo. No sabía cómo. O quizá no se atrevía.

Alyse abrió los ojos.

–Háblame de esa entrevista en televisión.

Leo asintió, contento de poder escapar de sus pensamientos.

–Nos la hará Larissa Pozzi.

Alyse abrió los ojos como platos.

–¿La...?

–La presentadora más famosa del país. Necesitamos que todo el mundo lo vea.

Por la expresión de Alyse era fácil saber lo que estaba pensando. Larissa Pozzi se dedicaba a provocar escenas melodramáticas en directo, y siempre les ofrecía pañuelos a sus invitados en una muestra de falsa simpatía. Su entrevista sería un mal necesario. Leo la había elegido porque era la manera más rápida de que su mensaje llegara a la audiencia.

–¿Y qué tenemos que decir?

–Que tuvimos una discusión y tú hiciste una tontería, pero luego te arrepentiste, me lo contaste y yo te perdoné –hablaba en tono apagado, neutro, odiando la mentira que había preparado con el visto bueno de la oficina de prensa. Estaba harto de mentir y fingir.

Le costaba imaginarse diciendo esas mentiras ante las cámaras. Las palabras se le atragantarían como esquirlas de vidrio. Quería acabar de una vez por todas con el engaño y el fingimiento, aunque sabía que era imposible.

Alyse había vuelto a apartar la mirada.

–Entiendo –murmuró resignadamente. Así sería su vida. Una mentira tras otra, siempre disimulando, siempre actuando, sin espacio para la sinceridad.

En un ambiente tan falso y enrarecido, ¿cómo podían aspirar a tener una relación de verdad? ¿Cómo amarse de verdad?

Pero él no la amaba. Ni siquiera sabía qué era el amor.

¿O quizá sí lo sabía?

La pregunta reverberó en su interior. La última semana, debía admitirlo, había sido la más maravillosa de toda su vida. Lo que había sentido al ver la sonrisa de Alyse, al besarla, al introducirse en ella...

Si eso no era amor, era algo que nunca había sentido. Era una sensación abrumadoramente intensa, adictiva... e inquietante.

Pero ¿era amor? ¿Importaba, acaso?

–¿Por qué no descansas un poco? –le preguntó bruscamente a Alyse–. Pareces agotada, y falta una hora para llegar –apartó las preguntas de su cabeza y se puso a trabajar.

A Alyse se le revolvieron las entrañas al bajarse del avión y subirse rápidamente a la limusina que los esperaba. Irían directamente al palacio para dar una rueda de prensa y luego grabarían la entrevista en una dependencia privada. Alyse estaba muerta de miedo. Pensaba en las miradas de desprecio y acusación que vería en todo el mundo, desde los reyes hasta la empalagosa Larissa Pozzi... y Leo.

Le había dicho que no había nada que perdonar, pero su rostro de hielo decía lo contrario. Era imposible saber qué pensaba o sentía, y ella no se atrevía a preguntárselo. Así de frágiles eran los sentimientos que tenían el uno por el otro, incapaces de afrontar el escrutinio ajeno o la adversidad.

El secretario de prensa y la reina los estaban esperando en un pequeño salón. La reina estaba de pie en todo su regio y gélido esplendor.

–Madre –Leo la saludó con un frío beso en la mejilla. La reina no respondió ni se movió, y a pesar de los nervios Alyse sintió curiosidad, y tristeza, por la ausencia de afecto entre madre e hijo.

–Esto es un desastre –dijo la reina, clavando su fría

mirada azul en Alyse–. Un completo desastre, como sin duda ya sabéis.

–Está todo bajo control... –empezó Leo, pero su madre lo interrumpió.

–¿De verdad lo crees, Leo? La gente creerá lo que quiera creer.

–Siempre han querido creer en Alyse –repuso él tranquilamente–. Siempre la han querido.

–Y ahora no dudarán en odiarla –le espetó Sofia–. Así es la opinión pública.

–En ese caso, me pregunto por qué tuvimos tanta prisa en comprometernos –replicó Leo sin perder la calma–. Ah, ya recuerdo... porque mi padre y tú necesitabais a Alyse para enmendar todo el daño que le habéis hecho a la monarquía.

–¿Cómo te atreves?

–Me atrevo porque nos habéis estado utilizando a Alyse y a mí, y a otras muchas personas, para tapar vuestras deficiencias. No voy a permitir que ahora nos eches la culpa. Nosotros nos encargaremos de solucionarlo, madre. No tienes de qué preocuparte.

Los ojos de la reina brillaron de maldad.

–¿Y qué pasará cuando todos la odien, Leo? ¿Qué pasará cuando todo se venga abajo?

Un escalofrío recorrió la espalda de Alyse.

–Nos ocuparemos de eso cuando sea el momento –respondió Leo.

La reina se dio la vuelta airadamente para marcharse.

–Enviaré a Paula –dijo, antes de cerrar con un portazo.

–Gracias por defenderme –le dijo Alyse a Leo–. Aunque no me lo merezca.

–Te lo mereces. Deja ya de echarte la culpa, Alyse.

–Lo siento.

–¿Qué te acabo de decir?

Ella sonrió tristemente.

–Una mala costumbre, supongo.

–No estoy enfadado –dijo él al cabo de un momento–. No contigo, al menos. Puede que esté un poco furioso con los paparazzi, pero tampoco puedo echarles la culpa a ellos. Solo están haciendo su trabajo, y nosotros se lo hemos facilitado durante años.

–Y ya te has cansado de eso.

–Sí –se quedó callado y contempló con el ceño fruncido los jardines a través de la ventana.

Alyse lo observó con cautela. Sentía que libraba una lucha en su interior y que quería decirle algo. Pero ¿quería ella oírlo?

–Alyse... –empezó, pero en ese momento entró Paula con un montón de hojas en la mano.

–Tenemos que preparar lo que vais a decir.

–Ya sé lo que voy a decir –declaró Leo.

Paula pareció sorprendida, e incluso un poco ofendida.

–Pero tengo que daros las instruc...

–Considéralo hecho. Estamos preparados.

Alyse intentó reprimir las náuseas de camino a la sala donde tendría lugar la entrevista. No se sentía en absoluto preparada y le iría muy bien recibir un poco de ayuda de Paula.

–¿Qué vamos a decir? –le preguntó a Leo en voz baja.

–Déjamelo a mí.

–Pero...

–Entremos.

Las cámaras y los focos estaban preparados para empezar el programa. Larissa Pozzi los saludó con una sonrisa radiante y le puso a Alyse una mano en el brazo, clavándole sus uñas perfectas en la piel.

–Esto lo hacemos por ti. El mundo quiere saber tu versión.

–Mi versión –repitió ella débilmente. La cosa no pintaba nada bien si ya se habían trazado las líneas de batalla.

Los maquillaron rápidamente en un sofá ante Larissa y las cámaras. Alyse sentía la tensión que emanaba de Leo, aunque él ofrecía una imagen relajada y charlaba amigablemente con la presentadora.

Solo Alyse sabía cómo se sentía por dentro. Porque lo conocía mejor que nadie. Aquel hombre ya no era un desconocido. Era la persona a la que... ¿amaba?

¿De verdad lo amaba? ¿Tan rápida y fácilmente se había enamorado de él? La última semana había sido difícil, dolorosa y llena de tensión, pero aun así habían sido los mejores días de su vida.

Deseaba desesperadamente que no fuera el principio del fin, pero el tenso perfil de Leo no le permitía ser optimista.

–Vamos a empezar –anunció Larissa, ocupando su sitio. Alyse sintió que Leo se tensaba aún más, a pesar de que no se movió ni un centímetro.

Tres, dos, uno...

–Bueno, príncipe Leo, estamos encantados de tenerlo en el programa –empezó Larissa con un tono efusivo. Alyse apretó las manos en el regazo y sintió que se le formaba una gota de sudor en la línea del cabello–. Y, naturalmente, todos queremos oír su versión de la historia... y también la de su mujer –desvió la mirada hacia la aludida con un inconfundible brillo de malicia en los ojos. Alyse sabía que, por muy amable que la presentadora fuera con Leo, a ella intentaría presentarla como a una mujer casquivana e inmoral.

–En realidad, es todo muy sencillo, Larissa –comenzó Leo con voz tranquila y segura. Tenía un brazo estirado sobre el respaldo del sofá y sus dedos rozaban el hombro de Alyse–. Cuando se tomó esa foto hace años... ya sabes de qué foto hablo.

–Por supuesto.

–Alyse y yo apenas nos conocíamos. De hecho, solo nos habíamos visto una vez, en aquella fiesta.

–Pero parecían muy enamorados –dijo Larissa, abriendo exageradamente los ojos. Miró acusadoramente a Alyse, quien a duras penas consiguió mantener la sonrisa. Aquella foto no tenía nada de falso. Era, tal vez, el único momento verdadero que la prensa había captado entre Leo y ella.

Leo se encogió de hombros, como si no tuviera nada que alegar al respecto, y Larissa soltó un dramático suspiro.

–Pero fue amor a primera vista, ¿no? ¿O han estado fingiendo todos estos años, como algunos empiezan a sugerir?

Él sonrió y mostró la mano con su anillo de boda.

–¿Esto te parece falso?

–Pero sus sentimientos...

–El nuestro siempre ha sido un matrimonio de conveniencia.

Alyse se quedó petrificada en el sofá. Seguro que aquella parte no la habría incluido Paula en el comunicado.

Larissa pareció horrorizada.

–¿De conveniencia? ¡No puede ser! ¿El príncipe y su Cenicienta?

Leo se limitó a sonreír y a encogerse de hombros.

–Es algo muy frecuente en las familias reales.

–Pero ustedes han sido presentados al mundo entero como una pareja enamorada, un modelo para millones de personas.

–Y estamos enamorados –corroboró Leo.

Larissa se quedó mirándolo en silencio, y también Alyse. ¿Qué demonios estaba diciendo?

–Los sentimientos tardaron en aparecer, sobre todo por mi parte –continuó él–. Pero al final aparecieron, y eso es lo que importa, ¿no crees? No lo que ocurrió antes... o lo que no ocurrió –hizo una breve pausa antes de seguir–. Lo principal, y lo bonito, es que amo a Alyse. Estoy enamorado de mi mujer.

Y entonces se giró hacia ella y le dedicó una sonrisa que la dejó sin respiración ante millones de telespectadores.

Aquella sonrisa no podía ser falsa. No podía estar fingiendo...

–Pareces sorprendida, Alyse –observó Larissa, y Alyse intentó concentrarse en la presentadora más que en su marido.

–Sorprendida no. Emocionada, más bien –consiguió responder, sin pensar en lo que estaba diciendo–. Y muy feliz. Ha sido duro llegar a donde estamos ahora. El compromiso es una cosa, pero el amor es algo que no se puede forzar.

Larissa hizo un mohín con los labios.

–Hablemos de Matthew Cray.

–No –intervino Leo rápidamente–. Lo que pasó fue hace muchos años y no vale la pena perder el tiempo hablando de ello. Como ya he dicho, lo que importa es el ahora..., y el futuro –volvió a sonreírle a Alyse, mirándola fijamente a los ojos, y a ella se le cayó el alma a los pies. Su mirada era fría y dura. No la mirada de un hombre enamorado.

Estaba fingiendo, como siempre. Aquella declaración de amor no era más que otra farsa, y ella era una estúpida por haber creído lo contrario.

No escuchó nada del resto de la entrevista, siendo Leo el único que hablaba.

Al acabar, Larissa y el equipo empezaron a recogerlo todo y Leo la sacó de la sala.

—Con suerte la gente se lo creerá —dijo él, y Alyse sintió que morían los últimos restos de esperanza.

—Una forma muy astuta de contarlo —murmuró ella.

—¿Es así como lo ves?

Alyse lo miró con el corazón en un puño. Quería preguntarle a qué se refería, pero no se atrevía. Tenía miedo de confiar en los sentimientos de Leo, y también en los suyos. ¿Qué era real?

—No... no lo sé.

—Alteza —uno de los ayudantes del rey corría hacia ellos.

—¿Sí?

—Su padre quiere verlo en su despacho inmediatamente.

—¿Ocurre algo?

El ayudante parecía incómodo al responder.

—El príncipe Alessandro ha llegado a palacio.

Capítulo 12

SANDRO estaba allí. Después de quince años de silencio el hijo pródigo había vuelto a casa. Leo no podía desenmarañar el nudo de emociones alojado en su garganta. Miedo, furia, confusión, incredulidad... y también amor y goce.

Demasiadas emociones.

Estaba cansado de sentir tanto. Después de pasarse toda su vida protegiéndose de los sentimientos, todo salía a la superficie. Igual que había ocurrido durante la entrevista.

«Estoy enamorado de mi mujer».

¿Qué lo había llevado a hacer una declaración semejante? La confesión había brotado incontroladamente de su interior, y por más que lo intentaba no conseguía volver a levantar sus defensas.

—Leo... —Alyse corrió tras él—. ¿Por qué está aquí Sandro?

Él se giró para mirarla.

—¿Conoces a Sandro?

—Tu madre me habló de él hace días.

Leo sacudió la cabeza, incapaz de enfrentarse a sus emociones.

—Ahora no podemos hablar. Mi padre me espera.

Ella lo siguió al despacho de su padre, pero él la detuvo en la puerta.

—Es una reunión privada, Alyse. Hablaremos después –lo dijo en un tono excesivamente frío y distante, pero no podía evitarlo. Así era él. Todo lo demás había sido un error.

Ella se mordió el labio inferior y asintió, aunque sus ojos estaban llenos de miedo e inseguridad.

–Está bien –aceptó, y se alejó lentamente por el pasillo.

Leo llamó y abrió la puerta del despacho de su padre, la estancia más sagrada del rey, donde se encontró con su hermano mayor.

Alessandro. Sandro. La única persona que lo había entendido, aceptado y querido. Apenas había cambiado, a pesar de ser mucho más viejo. Las canas empezaban a poblar su pelo oscuro, a juego con el brillo gris de sus ojos. Era más alto y delgado que Leo y seguía poseyendo la elegancia fibrosa y carismática que tenía con veintiún años, cuando Leo lo vio por última vez.

«No te vayas, Sandro. No me dejes solo. Por favor».

Se lo había suplicado desesperadamente, pero Sandro se había marchado.

–Leo –su hermano asintió, inexpresivo, y Leo respondió de igual manera.

–He hecho que Alessandro vuelva a Maldinia –explicó el rey, alardeando de su innata autoridad.

–Ya entiendo –Leo carraspeó–. Ha pasado mucho tiempo, Sandro.

–Quince años –la mirada gris de Sandro no revelaba nada–. Tienes buen aspecto.

–Tú también –los dos se quedaron callados. Dos hermanos que habían sido inseparables a pesar de la diferencia de edad. Juntos habían intentado abstraerse de las peleas de sus padres y superar la carencia de afecto.

Los dos fueron al mismo internado y Sandro se convirtió en el héroe de Leo, destacado alumno y estrella del cricket que siempre tuvo tiempo, paciencia y cariño para su hermano menor, tímido y reservado. Hasta que decidió romper con todo, incluido Leo, y se marchó.

Leo se sacudió los recuerdos infantiles. Por mucho que hubiese idolatrado a su hermano, hacía tiempo que no sentía nada. El nudo que le oprimía la garganta no era más que un simple disgusto.

—Alessandro ha accedido a volver al lugar que le corresponde —dijo su padre.

—El lugar que le corresponde —repitió Leo—. ¿Quieres decir...?

—Cuando yo muera, él será rey.

Leo no reaccionó. Permaneció completamente quieto, sin siquiera pestañear, aunque por dentro se sentía como si hubiera recibido un golpe mortal. De un solo tajo su padre le había arrebatado su herencia y su razón de vivir. Durante quince años se había esforzado a fondo para demostrar que podía ser un buen rey. Había sacrificado su felicidad personal en aras del deber, y había modelado su vida para ocupar el trono de Maldinia.

Y, por un simple capricho de su padre, todo había resultado ser inútil. Se giró hacia Sandro, quien le dedicó una media sonrisa.

—Te has librado, Leo.

—Eso parece —su hermano nunca había querido ser rey y por eso se había alejado de todo. Odiaba las apariencias y formalismos de la vida real y había iniciado una nueva y próspera vida en California, según había sabido Leo por Internet. ¿Iba a dejar su empresa y su libertad para regresar a la corte y ocupar el lugar de Leo?

¿Y dejar a Leo sin nada?

Ni siquiera a su esposa. Si no iba a ser rey no tenía sentido seguir casado. Una semana de frágiles sentimientos no justificaban una sentencia de por vida. Ella querría ser libre, y él también.

Se volvió hacia su padre, cuyos ojos brillaban triun-falmente.

–¿Por qué? –le preguntó con la voz más neutra que pudo.

–Siempre he querido que Alessandro fuera rey –respondió él–. Es su destino y el derecho que le corresponde por nacimiento, como tú siempre has sabido.

Sí, siempre había sabido que él iba detrás de su hermano, pero creía que en los últimos quince años había demostrado ser un digno sucesor.

–Y después de este último escándalo... –continuó el rey con una mueca de desprecio–, todo lo que hemos construido se ha perdido por una imprudencia, Leo.

¿Todo lo que habían construido? A Leo le entraron ganas de gritar.

Su padre no había hecho nada, absolutamente nada para salvar la imagen de la monarquía. Había dejado que su hijo, el segundogénito, hiciera todo el trabajo y se cargara con toda la responsabilidad. Pero no dijo nada. Sabía que era inútil hablar.

–El regreso de Alessandro devolverá el prestigio a la monarquía –continuó el rey–. Sangre nueva, Leo. Aire fresco. Nos podremos olvidar de lo tuyo con Alyse.

O sea, desprenderse de ellos como habían hecho con Alessandro. Pasar al siguiente capítulo de aquel maldito libro.

Pero él no quería pasar página. No iba a permitir que amenazaran su vida, y su amor, por culpa de un desafortunado error. Lo importante no era tanto ser rey... como estar casado con Alyse.

«Estoy enamorado de mi mujer».

Alyse no lo amaba. Tal vez hubiera creído hacerlo en una ocasión, y seguramente volvería a convencerse de ello. Pero no era real ni duraría, igual que nada había sido real ni duradero en su vida.

¿Por qué debería confiar en ella, o en sus propios sentimientos, que tal vez se desvanecieran al día siguiente?

–Asunto concluido –declaró el rey–. Alessandro ha aceptado cumplir con su deber.

Sin esperar respuesta, salió del despacho y dejó a los dos hermanos a solas y en silencio.

–Sigue siendo el mismo –dijo Sandro tras unos segundos–. Nada ha cambiado.

«Para mí ha cambiado todo». Leo se tragó las palabras y la ira que pugnaba por salir. De nada serviría explotar. No sería rey; no tenía esposa.

–Supongo.

–Necesitaré tu ayuda, si estás dispuesto –le pidió Sandro–. Puedes elegir el puesto que quieras. ¿Qué tal ministro del gobierno? –sonrió y por primera vez Leo vio un destello de afecto en los ojos de su hermano–. Te he echado de menos, Leo.

«No lo bastante como para visitarme, ni siquiera para escribir». Aunque tampoco él lo había hecho. Primero se lo habían prohibido, y luego se convenció a sí mismo de que no le importaba.

El dolor por todo lo que había perdido lo invadió de golpe, y desvió la mirada para que Sandro no viera lo que estaba sintiendo.

–Bienvenido a casa, Sandro –le dijo cuando confió en sí mismo para hablar, y abandonó el despacho.

Alyse daba vueltas por el salón del apartamento que les habían asignado en un ala de palacio, con los puños apretados, un nudo en el estómago y los nervios a flor de piel. Sus inquietudes por la entrevista en televisión y lo que había dicho Leo habían sido reemplazadas por el temor de lo que el regreso de Sandro pudiera suponer para Leo... y para ella. Tenía la terrible certeza de que todo había cambiado.

La puerta se abrió y ella se dio la vuelta.

—Leo.

Él hizo una mueca que pretendía ser una sonrisa, pero que no se acercó ni de lejos.

—Al parecer, los dos nos hemos librado —dijo mientras se acercaba a la ventana.

—¿Librado? ¿Qué quieres decir? ¿Qué ha pasado, Leo? ¿Por qué ha vuelto Sandro?

—Mi padre lo ha hecho venir.

Alyse vio la expresión fría, casi indiferente, de su rostro.

—¿Por qué se marchó de aquí?

—Odiaba la vida real, que siempre estuviéramos fingiendo, y la carga de convertirse en rey. Fue a la universidad, y al graduarse decidió dejarlo todo e iniciar una nueva vida en Estados Unidos.

Alyse sospechó que le estaba ocultando algo. Su tono era neutro, pero se percibía su profunda amargura y dolor.

—¿Y por qué no habéis tenido ningún contacto en todo este tiempo?

—Mis padres me lo prohibieron. Uno no puede dejar atrás la realeza, y menos cuando ha sido educado para ser rey.

Alyse sintió un escalofrío al darse cuenta de lo que le estaba diciendo.

—Y, cuando él se fue, tú te convertiste en heredero al trono.

—Así es.

Alyse había llegado a conocer muy bien a Leo y sabía cuándo estaba furioso, contento o dolido. Y en aquellos momentos solo quería ayudarlo... si supiera cómo.

—Háblame, Leo. Date la vuelta y mírame, por favor. ¿Qué ha ocurrido? ¿Por qué estás tan...?

—No me pasa nada —respondió él, y se giró hacia ella para mirarla con una expresión tan vacía como su voz—. Ya te lo he dicho, Alyse, los dos nos hemos librado.

—No entiendo lo que quieres decir.

—Yo me he librado de ser rey —le explicó él muy despacio, como si hablara con una niña pequeña—. Y tú te has librado de ser mi mujer.

A Alyse le costó unos segundos comprender lo que le decía.

—¿Qué tiene que ver tu hermano con nuestro matrimonio?

—Todo y nada. Seguramente, ni siquiera sabía que yo me había casado, pero al aceptar su derecho de nacimiento yo ya no soy el heredero al trono. Nuestro matrimonio era una alianza real, obligada por las circunstancias y la atención de los medios. Pero ya no hay motivos para seguir casados, Alyse —extendió las manos—. La prensa ha descubierto el engaño y yo no voy a ser rey. Por tanto, no importa lo que hagamos.

—¿Y qué quieres hacer tú? —le preguntó ella con un hilo de voz.

—No encuentro ningún motivo para que mantengamos esta farsa de matrimonio.

«Esta farsa de matrimonio». Alyse pensó en lo que Leo había dicho ante las cámaras, en cómo la había llenado de esperanza por unos breves instantes. «Estoy enamorado de mi mujer». Una flagrante mentira, igual que todo.

—Entonces, ¿estás sugiriendo que nos divorciemos?

—Es lo más sensato —respondió él, y Alyse se sintió invadida de una furia ciega que casi le impidió hablar.

—Maldito bastardo —exclamó con voz ahogada—. ¿Alguna vez has hablado en serio? ¿Nunca puedes ser sincero? ¿Es que no sabes hacer otra cosa que fingir?

–No lo creo.

Alyse se llevó los puños a los ojos para contener las lágrimas. No era el momento de llorar. Ya tendría tiempo de sobra para lamentarse.

–Leo... –bajó las manos y se obligó a mirarlo a los ojos–. ¿Qué pasa con estas últimas semanas? ¿Y todo lo que hemos vivido? Dijiste que...

–Que no sabía cuánto podía dar –concluyó él en tono burlón–. Pues ya lo sé, y no es mucho.

–¿Por qué haces esto? –susurró ella–. Anoche...

–Anoche fue anoche –la interrumpió él, y se giró de nuevo hacia la ventana.

–¿El hecho de que no vayas a ser rey cambia lo que sientes por mí? ¿Cómo puede ser?

–Solo ha sido una semana, Alyse. A lo sumo diez días –su voz resonó en la habitación como un disparo–. Ha habido cosas buenas, de acuerdo, y a veces fue tan intenso que ambos creíamos que podía ser algo más, lo cual es comprensible. A fin de cuentas estábamos intentando que funcionara.

–Y lo seguimos intentando...

–No –respondió él tajantemente–. Ya no.

Era como aporrear una puerta de hierro, pensó Alyse. No había manera de traspasar la coraza de Leo ni de entender lo que pasaba tras su máscara de hielo.

–No hagas esto, Leo –susurró con voz quebrada–. Por favor.

Él no respondió. En su rostro no se adivinaba el menor atisbo de emoción.

–¿Y qué pasará ahora? –preguntó ella–. ¿Tendré que marcharme? ¿Me vas a echar?

–Claro que no. Puedes quedarte en el palacio el tiempo que quieras. Me marcharé yo.

–¿Adónde...?

–Eso no importa. Te enviaré los papeles del divorcio.

Alyse observó sus rasgos, duros y severos, que ella había explorado palmo a palmo. Los labios que había besado, el cuerpo que había tocado... el corazón que había amado.

Lo amaba. Al fin lo sabía con una certeza absoluta, innegable, como una brillante luz dorada que Leo se empeñaba en apagar.

—Por favor –le suplicó una última vez, pero él no respondió ni se movió.

Alyse respiró profundamente, se giró muy despacio y abandonó la estancia.

Recorrió el pasillo con sus ostentosos candelabros, alfombras y lámparas, sin fijarse en el esplendor que la rodeaba ni en los criados que se mantenían firmes a la espera de recibir órdenes. Al llegar a la escalera que bajaba al vestíbulo, le daba tantas vueltas la cabeza que tuvo que sentarse en un banco dorado.

—Alteza... –uno de los criados se acercó con preocupación.

—Déjame –ordenó ella con la cabeza en las manos–. Por favor.

El criado se retiró y Alyse intentó ordenar sus pensamientos. ¿Qué iba a hacer? ¿Adónde iría? Desde los dieciocho años su vida había estado orientada a ser la esposa de Leo y la reina de Maldinia. Y de repente se veía dando vueltas en un horrible e incierto vacío.

¿Por qué Leo hacía eso? ¿Por qué no creía que valía la pena salvar el matrimonio? ¿Por qué no creía que ella lo amaba?

¿Igual que lo amaba ella cuando tenía dieciocho años, cuando así se lo dijo para luego no volver a decírselo?

¿De verdad podía culpar a Leo por dudar, no solo de sus propios sentimientos, sino también de lo que ella sentía? Ella misma los había puesto en duda. Había creído estar enamorada y luego le había demostrado estar equivocada. Todos los que afirmaban haber querido a Leo le habían mentido: sus padres, su hermano... ¿Por qué iba a pensar que ella era diferente?

Se irguió en el banco y trató de centrarse. ¿De verdad amaba a Leo o solo era otra fantasía romántica?

La respuesta retumbó en su pecho con más fuerza y seguridad que nunca.

Lo amaba.

Y nunca se lo había dicho. Le había suplicado que cambiara de opinión, se había comportado como si todo dependiera de él, cuando era ella la que debía rectificar.

Se levantó con piernas temblorosas y fue a sus dependencias, donde sabía que esperaba Leo. Donde su corazón, y su vida, esperaba.

Respiró hondo y abrió la puerta.

Leo estaba sentado en la cama, cabizbajo. A Alyse le dolió verlo tan abatido a pesar de la nueva esperanza que empezaba a brotar en ella.

—Leo.

Él levantó la mirada y parpadeó como si hubiera visto un espejismo, pero enseguida se recompuso tras su inexpresividad habitual. Alyse, sin embargo, no se dejó engañar. Empezaba a comprender por qué lo hacía.

—¿Qué haces aquí?

—Quiero acabar nuestra conversación.

—Creo que ya está acabada, Alyse. No hay nada más que decir.

—Yo sí tengo algo más que decir.

Él arqueó una ceja con frío escepticismo, pero Alyse sabía que solo era una fachada. Bajo aquella máscara latía el corazón de un hombre bueno y generoso al que ella amaba.

—Una vez me dijiste que no querías más mentiras ni

disimulos entre nosotros –él asintió ligeramente y ella se animó a continuar a pesar del miedo que amenazaba con volver a invadirla–. Yo tampoco quiero seguir fingiendo, de modo que si vas a pedir el divorcio tendrás que darme un motivo válido.

–Te lo he dado.

–No, no lo has hecho.

–Si eso crees, no es problema mío, Alyse.

–No, es problema mío. Porque yo tampoco he sido sincera. Tenía miedo de perderte si te presionaba demasiado. Y tenía miedo de confiar en mis sentimientos.

Él no respondió, pero el recelo que reflejaron sus ojos le confirmó a Alyse que la estaba escuchando.

–Hace años estaba convencida de que te amaba, pero cuando empecé a conocerte de verdad me entraron las dudas... igual que a ti –dudó un instante. Tenía que elegir bien las palabras–. Fue terrible descubrir que me había engañado a mí misma durante tanto tiempo, y me hizo cuestionar hasta qué punto podían ser sinceros mis sentimientos... para mí... o para ti.

Él permaneció en silencio, pero ella se sentó a su lado y lo rozó con el muslo. Necesitaba su contacto y su calor.

–Sé que tú has pasado por lo mismo. Tus padres te decían que te querían, pero solo ante las cámaras, sin sentirlo de veras –esperó, sin respuesta–. Y también tu hermano, al abandonarte. Estabais muy unidos, ¿no?

Él tragó saliva y desvió la mirada.

–Sí.

Ella le puso una mano en el brazo.

–Tus seres queridos siempre te han defraudado, Leo, fingiendo quererte y luego haciendo lo contrario. Es lógico que tengas miedo a las emociones.

–Yo no tengo miedo...

–No me mientas. El amor da miedo. Y fingir que estábamos enamorados durante seis años no nos ha hecho ningún bien.

–Por eso quiero acabar con esto. Se acabó el fingimiento. No más mentiras.

Alyse respiró profundamente.

–Entonces, ¿es verdad que no sientes nada por mí?

No respondió, pero al menos tampoco lo afirmó.

–Porque yo sí siento algo por ti, Leo. Al principio no confiaba en ello por todo lo que había pasado antes. Y quizá aún no sepa lo que es el amor exactamente, pero cuando estoy contigo creo sentirlo por ti –volvió a tomar aire y lo soltó lentamente–. Te quiero, Leo.

Él soltó una áspera carcajada.

–Ya he oído eso antes.

–Lo sé, y por eso no me atrevía a decírtelo. Lo que sentía antes por ti era una atracción juvenil, una fantasía de adolescente. Estaba abrumada por todo lo que sucedía, la atención de los medios, la emoción de mis padres y de todo el mundo... Quería mi cuento de hadas, y me lo creí –le agarró la mano, y él no opuso resistencia–. Pero esta última semana he comprendido que el amor no es un cuento de hadas. A veces es algo duro, difícil y doloroso, pero también es una sensación maravillosa, porque cuando estoy contigo no quiero estar en ningún otro sitio –él seguía callado, pero le apretó ligeramente los dedos–. Me encanta cuando te veo sonreír, cuando te oigo reír, cuando te siento dentro de mí, y me encanta haberte conocido y saber cuándo estás contento, disgustado o triste, saber cuándo intentas ocultar tus sentimientos bajo una máscara de hielo, saber cuándo lees algo aburrido en el periódico pero sigues leyendo hasta el final porque te sientes obligado a acabar la página.

Leo esbozó un atisbo de sonrisa y Alyse soltó una risita.

–Amar a alguien es conocerlo –continuó–. Al principio no lo entendía. Creía que el amor era un flechazo o un arrebato. Pero es mucho más que eso. Es comprender a la persona por fuera y por dentro. No digo que yo te conozca por completo, pero creo que estoy empezando a hacerlo. Empiezo a ver cómo una vida de fingimiento te ha hecho dudar no solo de los sentimientos ajenos, sino también de los tuyos. Me dijiste que me amabas ante las cámaras y yo tuve miedo de creerte. Y creo que tú también tenías miedo de creer en ti mismo. Por eso intentaste negarlo después. Y por eso yo no te presioné. Por miedo.

Él bajó la mirada a sus manos entrelazadas.

–Has dicho que el amor da miedo –murmuró.

–Y así es. Da un miedo terrible. Pero también creo que vale la pena correr el riesgo. La soledad puede ser más sencilla, pero también es más triste –le apretó los dedos, insuflándole su fuerza y esperanza–. No espero que me ames todavía. Sé que los dos necesitamos tiempo para conocernos y confiar en nosotros. Lo que te pido, Leo, lo que te suplico, es que nos des una oportunidad. No renuncies a nuestro matrimonio solo porque no vayas a ser rey. A mí no me importa lo que seas. Solo quiero estar contigo.

–No renuncié a nuestro matrimonio por eso.

–¿No? –preguntó ella con el corazón en un puño.

–El motivo era que estaba asustado. Pensaba que era más fácil ser el primero en apartarse, antes de que tú me dejaras.

–¿Y crees que yo te habría dejado... solo por no ser rey?

–Sinceramente, no sabía qué creer –la miró con ojos atormentados–. Estaba actuando por instinto, cerrándome a todo. Es lo que siempre he hecho, y sabía que tenía que hacerlo contigo. Tú eres la única que tiene poder para hacerme daño, Alyse. ¿Te das cuenta de lo aterrador que es eso?

–Sí –respondió ella–. Me doy cuenta.

–Pero te equivocas en una cosa. No necesito tiempo para conocerte ni para amarte. Porque ya lo hago. No pretendía decirlo ante las cámaras, las palabras me salieron sin más. No podía seguir silenciando lo que sentía. Tenía que ser sincero no solo contigo, sino con todo el mundo.

Alyse le sonrió.

–Y tan pronto como las dijiste intentaste desmentirlas.

–Instinto de protección. Pero en cuanto te marchaste quise correr detrás de ti y suplicarte que me amaras, como hacía con mi madre para que pasara tiempo conmigo o como hice con mi hermano para que no se marchara –guardó un breve silencio–. Sandro era mi héroe. La única persona que me conocía de verdad.

–Y se marchó. Te abandonó.

–No lo culpo. Esta vida lo estaba asfixiando –suspiró–. Pero sí, se marchó y yo sufrí muchísimo. Me dije que jamás volvería a pasar por lo mismo. Nunca volvería a necesitar a nadie.

A Alyse se le saltaron las lágrimas.

–Lo siento.

–No sé qué clase de relación tendremos, ahora que ha vuelto.

–Encontraréis un modo. El amor permanece, Leo. Y tú lo sigues queriendo.

Él asintió.

–Sí, supongo que sí.

Era una gran admisión para alguien como Leo. Pero ella necesitaba más. Los dos necesitaban más.

–¿Y qué hay de nosotros, Leo? –le tocó la mejilla para que la mirara–. ¿Qué clase de relación podemos tener?

Él la miró fijamente, buscando respuestas, y entonces su expresión se suavizó con una bonita sonrisa.

—Espero que una buena relación. Un matrimonio de verdad... si tú quieres.

—Sabes que sí.

Él giró la cabeza para besarle los dedos.

—Sé que cometeré muchos errores, y eso me asusta. Nunca he amado a nadie, no como ahora.

—Yo tampoco.

—No quiero hacerte daño. Te quiero, Alyse, te quiero muchísimo, pero tengo miedo de... de...

—Eso forma parte del amor —le aseguró ella con la voz trabada por las lágrimas. No eran lágrimas de pesar, sino de felicidad, de esperanza, de alivio y de pura emoción—. Felicidad y también dolor. Contigo acepto las dos cosas, Leo.

Pero, cuando él la abrazó para sellar con sus labios una promesa eterna, Alyse solo sintió la felicidad. La inmensa felicidad de ser amada.

Bianca

¡Que empiece el juego!

Antes de que la señal luminosa del cinturón de seguridad se hubiera apagado, había surgido una química intensa entre Alexio Christakos, un magnate de la aeronáutica, y Sidonie Fitzgerald. Acostumbrado a tener breves aventuras con mujeres superficiales, Alexio se quedó cautivado por su inocencia y decidió disfrutar de una noche de placer entre sus brazos.

Sidonie estaba decidida a solucionar su vida, y no a comenzar una aventura con un magnate griego. Sin embargo, Alexio se convirtió en su máxima distracción… Hasta que él se enteró de sus dificultades económicas y la acusó de desear algo más que solo su cuerpo.

HARLEQUIN
Bianca
Hermanos de Sangre

ABBY GREEN
El poder de la tentación

El poder de la tentación

Abby Green

Deseo

PASIÓN DESATADA

BRENDA JACKSON

Megan Westmoreland buscaba respuestas sobre el pasado de su familia. Y el detective privado Rico Claiborne no solo era el hombre adecuado para encontrarlas, sino el único que podía ofrecerle apoyo y consuelo cuando la terrible verdad saliera a la luz.

Pero en él iba a encontrar algo más que comprensión… Por primera vez en su vida, Megan estaba preparada para vivir la pasión salvaje de Texas.

*Descubrió las pasiones que hasta entonces
habían permanecido dormidas*

¡YA EN TU PUNTO DE VENTA!

Bianca.

**Se olvidó completamente del secreto que escondía
y que podría destruirlos a ambos...**

Condenado a la ceguera,
Declan Carstairs era un
hombre atormentado. Con-
sumido como estaba por la
culpa, no veía salida alguna
a la negra trampa en que se
había convertido su vida.
Solo una cosa le motivaba:
encontrar a la mujer responsable de la muerte de su
hermano, y del accidente
que le privó de la vista.
El ama de llaves Chloe Da-
niels se negaba a compade-
cerse de su terriblemente
atractivo jefe, pero tratarlo
como lo que era, un hombre
perfectamente capaz, no tar-
dó en revelarse peligroso...

HARLEQUIN Bianca

Annie West
Remordimientos

Remordimientos

Annie West